Gleich zwei Swinger-Paare gerieten bei unserem Städtetrip nach Wien in unseren Blick. Und die hätten unterschiedlicher kaum sein können – auch vom Alter her. Eigentlich hatte es uns bei Partnertausch und Gruppensex nie sonderlich interessiert, welche Zahl im Ausweis unserer Mitspieler stand. Seit für meinen Mann jedoch die magische 40 in Sicht kam, wurde seine Offenheit in dieser Frage zunehmend einseitig. Was sehr schade war, denn diese verengte Sicht meines Liebsten hätte uns beinahe um ein faszinierendes Abenteuer gebracht. Aber nur beinahe.

Kirsten Steiner, Jahrgang 1984, studierte Literatur und Geschichte. Seit Jahren ist sie gemeinsam mit ihrem Mann in der Welt der Swinger unterwegs. Einige ihrer Erlebnisse hat sie zu der Serie „Aus meinem Swinger-Tagebuch" verarbeitet, in der sie diese besondere Form der Erotik beschreibt, die sich nicht allein auf zwei Menschen beschränkt. Dies ist eine Geschichte daraus.

Kirsten Steiner

Wiener Melange für vier

Aus meinem Swinger-Tagebuch

Bibliografische Information der Deutschen
Nationalbibliothek: Die Deutsche Nationalbibliothek
verzeichnet diese Publikation in der Deutschen
Nationalbibliografie, detaillierte bibliografische
Daten sind im Internet über
http://dnb.dnb.de abrufbar.

Herstellung und Verlag:
BoD – Books on Demand, Norderstedt
© 2023 Kirsten Steiner
© Coverfoto: Denys Kovtun/Dreamstime
© Gestaltung: Steffen Steiner

ISBN: 9783749471126

Unser Wien-Trip:

Der Morgen danach

Wien, September 2018

An diesem Morgen war ich vor Steffen wach. Normalerweise war das umgekehrt bei uns, wenn wir am Wochenende oder im Urlaub ausschlafen konnten. Aber heute schlief der Mann neben mir noch immer tief und fest, als ich mit dem Schlafen ganz einfach fertig war – ungeachtet der Tatsache, dass wir eine lange Nacht hinter uns hatten. Was normal war für uns, wenn wir einen Swingerclub besucht hatten.

Ich blinzelte gegen das Licht, das durch einen Spalt zwischen den Vorhängen am Hotelfenster ins Zimmer fiel. Draußen erwachte die österreichische Hauptstadt wohl so allmählich zum sonntäglichen Leben – anders als unser Hotelzimmer im 5. Wiener Gemeindebezirk. Ich warf einen Blick auf meinen schlafenden Mann und dann auf das Notebook auf dem kleinen Schreibtisch vor unserem Bett. Sollte ich oder sollte ich nicht?

Schließlich krabbelte ich aus dem Bett, ging kurz ins Bad und klappte anschließend den Computer auf. Beim Wachwerden waren viele Gedanken und Bilder der vergangenen Nacht durch meinen Kopf gezogen. Ich hatte das dringende Bedürfnis, das alles aufzuschreiben, bevor mir mit dem Tag manches davon verlorenging.

Während ich unser Cluberlebnis der vergangenen Nacht stichwortartig meinem Notebook-Tagebuch anvertraute, warf ich immer mal wieder einen Blick auf meinen Mann. Er war durch mein Aufstehen zwar etwas unruhig geworden, aber er schlief noch immer. Allerdings hatte er die Decke weitgehend weggeschoben und präsentierte mir so seinen nackten Körper. Zu kalt war ihm offenbar nicht. Was mich auch erstaunt hätte, denn es war eher zu warm in unserem Hotelzimmer. Auch ich hatte mir noch nichts übergezogen, sondern lediglich ein Handtuch unter meinen nackten Po auf den Stuhl gelegt, während meine Finger über die Tasten wanderten.

Ich musste schmunzeln. Wovon mochte Steffen wohl träumen in diesem Moment? Vielleicht genau von den Dingen, die ich soeben aufschrieb? Ganz unwahrscheinlich war das nicht. Sein steifer Schwanz jedenfalls deutete sehr in diese Richtung.

Wir hatten vor unserem Städteurlaub in Wien wieder einmal in den Profillisten bei Joyclub gestöbert. Seit einigen Jahren hatten wir uns das regelrecht angewöhnt. Vor einem Urlaub schauten wir in diesem Erotikforum im Internet fast immer, ob sich die Reise mit einem Swinger-Erlebnis verbinden ließ. Neue Länder, neue Städte, neue Menschen, neue

Abenteuer. Vor allem mein Mann war bei diesen Internetrecherchen zuweilen sehr umtriebig – und hatte meist auch ein recht glückliches Händchen bei der Auswahl unserer Spielpartner. Er wusste sehr genau, welchen Typ Mann ich besonders gern mochte – und auch welchen Typ Frau.

Für Wien hatte er zudem einen Swingerclub entdeckt, der interessant zu sein schien. Etwa eine Woche vor unserem Urlaub sahen wir uns gemeinsam die Homepage dieses Clubs an, und ich bestätigte seinen Eindruck: Das sah alles sehr verlockend aus.

„Na ein Glück", sagte er. „Dann kann das Date ja stattfinden."

„Wir haben ein Date?"

Erst jetzt öffnete er das Profil eines Wiener Swinger-Paares, mit dem er schon ein paar Tage zuvor Kontakt aufgenommen hatte.

„Mit den beiden sind wir am Samstag in dem Club verabredet", teilte er mir mit.

„Ach so? Sind wir das?"

Steffen nickte, und ich sah mir das Profil dieses Paares genauer an. Vom Alter her passten sie recht gut zu uns – zumindest der Mann. Er war 34 und damit ebenso alt wie ich, beziehungsweise fünf Jahre jünger als Steffen. Sie war 26 und somit etwas jünger als wir. Der Abstand zwischen ihr und Steffen betrug immerhin 13 Jahre. Aber was machte das schon? Zudem wirkten beide sportlich und attraktiv. Die Frau war etwas kleiner als ich, er etwas kleiner als Steffen, Größe und Gewicht standen in einem recht guten Verhältnis zueinander. Von den Rohdaten ihres Steckbriefs her war alles okay. Aber das war natürlich längst nicht alles.

Der eher kurze Text ihres Profils verriet ansonsten nur begrenzt etwas über die beiden – abgesehen davon, dass sie offensichtlich viel Fantasie besaßen. Zumindest was den Umgang mit der Rechtschreibung anging. So etwas störte mich immer ein wenig. Aber mir gefielen die Bilder. Der Mann war sichtlich gut trainiert und auch seine attraktive Frau zeigte viel Haut. Natürlich war mir klar, dass die üppige Oberweite der schönen Wienerin weit wichtiger für meinen Mann war als die Befolgung diverser Dudenregeln. Und da wir ja schließlich niemanden heiraten wollten, sondern nur ein Sexabenteuer suchten, nickte ich schließlich.

„Okay", bestätigte ich. „Wir sind mit ihnen verabredet."

Steffen lächelte mich wissend an. Sehr wahrscheinlich hatte er auch nichts anderes erwartet. Er kannte mich eben gut.

Wartezeit und Blickkontakt

Pünktlich waren sie nicht, stellten wir fest, als wir an diesem Samstagabend im Barbereich des Clubs im 7. Wiener Gemeindebezirk nach Saskia und Felix Ausschau hielten. Das gab schon mal Abzüge in der B-Note. Nachdem wir etwa 20 Minuten vergeblich gewartet hatten, beschlossen wir, das Frivoli zu zweit zu erkunden. Es war gut etwas los an diesem Paare-Abend, aber überfüllt war der Club glücklicherweise nicht. Wir mochten es, wenn an einem Clubabend viele Menschen anwesend waren. Allerdings hatten wir es in anderen Clubs zuweilen auch schon erlebt, dass es zu voll sein konnte. Das war hier glücklicherweise nicht der Fall. Wir schauten uns die Spielwiesen auf den verschiedenen Etagen an, aber hier gab es nicht viel zu sehen – noch nicht. Doch das war für den Beginn eines Club-Abends ja auch normal.

Schließlich ließen wir uns auf zwei Korbstühlen im Saunabereich nieder. Man hatte von hier einen recht guten Blick in die Heißluftkabine – und somit auf das Paar, das dort vor sich hinschwitzte. Wobei sich die beiden nicht einfach nur entspannten. Zumindest der Mann nicht. Er kniete vor seiner auf dem Rücken liegenden Frau und streichelte sie. Seine Hände wanderten sehr langsam über ihren gesamten Körper – vom Kopf bis zu den Füßen und wieder zurück. Die Frau sah aus, als würde sie schlafen, aber ich hatte den Eindruck, dass sie sehr bei der Sache war, auch wenn sie sich nicht rührte. Vermutlich nahm sie die intensiven Zärtlichkeiten ihres Partners mit viel Genuss auf. Das sah alles sehr gefühlvoll aus, was der Mann mit seiner Frau tat. Auch ich liebte es sehr, wenn ich sanft massiert wurde.

„Na, wäre der Mann etwas für dich?", fragte Steffen, nachdem wir eine Weile wortlos zugesehen hatten.

Natürlich hatte ich mir diese Frage auch schon gestellt – wenn auch wohl eher unbewusst. Wenn man durch einen Swingerclub zog, dann checkte man bei jeder Begegnung mehr oder weniger automatisch, ob jemand als Sexpartner infrage kam – jedenfalls wenn das Gegenüber zumindest halbwegs attraktiv erschien. Zumindest ich machte das so. Und soweit ich wusste, taten das die meisten Swinger ebenfalls.

„Vielleicht", entgegnete ich. „Er sieht sehr interessant aus."

Das war tatsächlich der Fall. Ich schätzte ihn auf zehn oder vielleicht auch 15 Jahre älter als mich, aber Altersunterschiede hatten mich noch nie gestört, wenn mein Gegenüber ansonsten interessant erschien. Da war ich in beide Richtung relativ offen. Zu Anfang unserer Swinger-Zeit hatte es mich bei einem Spielewochenende mit mehreren Paaren sogar einmal ausgesprochen angemacht, mit einem Mann Sex zu haben, der damals doppelt so alt gewesen war wie ich – er 48, ich 24. Für ein paar Sekunden zogen die

Bilder von jenem erotischen Wochenende durch meinen Kopf – dann war ich gedanklich wieder bei dem Mann, den ich in diesem Moment im Blick hatte.

Er hatte wohl einmal komplett schwarze Haare gehabt, mutmaßte ich. Aber an den Schläfen waren sie nun deutlich ergraut. Er war groß und schlank, war zwar nicht so sportlich wie Steffen oder unsere Verabredung Felix, aber untrainiert schien auch er nicht zu sein – trotz eines leichten Bauchansatzes. Doch der war eher dezent. Jedenfalls wirkte dieser Sauna-Masseur anziehend auf mich.

Wie wohl ein Blick in seine Augen auf mich wirken würde? Den allerdings bekam ich nicht. Der Mann war voll und ganz bei seiner Partnerin, was ich eigentlich sehr schön fand. Es hatte mich schon immer gestört, wenn ein Mann beim Sex oder dem Vorspiel ständig hin- und herschaute, um ja nichts von dem zu verpassen, was sich um ihn herum abspielte. Natürlich hatte ich nichts dagegen, wenn jemand beim Partnertausch auch immer wieder Interesse an dem zeigte, was der eigene Partner gerade tat. Das machte ich ja auch, und ich empfand es als prickelnd, während eines Fremdficks die Blicke meines Liebsten wahrzunehmen. Aber vor allem beim Treiben auf Swingerclub-Matten hatte ich es schon des Öfteren erlebt, dass manche Menschen (vor allem Männer) über das eigene Liebesspiel hinaus möglichst alles mitbekommen wollten, was sich in Sichtweite ereignete. Wenn mein Sexpartner sich so verhielt, dann war das beinahe schon ein K.o.-Kriterium. Denn deutlicher konnte mir ein Mann sein mangelndes Interesse kaum zeigen. Und jede Frau wollte es, dass ihr Sexpartner auch wirklich Interesse zeigte – und zwar an ihr und nicht nur am Sex an sich.

Die beiden Menschen in der Sauna wirkten da ganz anderes. Sie waren sehr aufeinander konzentriert und schienen ausgesprochen harmonisch miteinander zu sein. Ich konnte mir kaum vorstellen, dass einer von ihnen auf der Matte ständig nach rechts und links schaute. Das war natürlich Spekulation, aber mein Bauchgefühl ging sehr stark in diese Richtung.

„Und die Frau?", fragte ich Steffen. „Wäre die etwas für dich?"

„Hässlich ist sie nicht", entgegnete er. „Soweit man das von hier erkennen kann. Aber er verdeckt sie zum großen Teil. Die beiden sind allerdings deutlich älter als wir, vermute ich mal."

„Das sind sie mit Sicherheit", bestätigte ich.

Natürlich war unser Abwägen in diesem Moment eher theoretischer Natur. Wir waren verabredet, und wir gingen selbstverständlich davon aus, dass Saskia und Felix irgendwann noch auftauchen würden. Verspäten konnte man sich immer mal – auch uns war so etwas ja schon passiert. Jedenfalls hatten wir nicht den Eindruck, dass es schon an der Zeit war, unsere Verabredung abzuschreiben.

Aber so ein Was-wäre-wenn-Gedankenspiel hatte uns schon immer Spaß gemacht. Und da die beiden Menschen in der Saunakabine uns offenbar gar nicht wahrnahmen, konnten wir dieses Spiel gefahrlos spielen, ohne irgendwelche falschen Signale auszusenden.

Die Liebkosungen, die der Mann in der Sauna seiner Frau schenkte, waren sicherlich eher sinnlich als erregend. Zumindest deutete der vollkommene Ruhezustand seines Schwanzes darauf hin, dass er die Berührungen ihrer schweißnassen Haut nicht als Vorspiel zu ernsthaften sexuellen Aktivitäten empfand.

„Nein, glaube ich auch nicht", bestätigte Steffen diese Einschatzung, als ich sie ihm mitteilte.

Wir begannen, über die beiden Saunierer ein paar Mutmaßungen anzustellen. So etwas machten wir immer mal wieder gern, wenn interessante Menschen in unser Blickfeld gerieten und wir sie ungestört beobachten konnten – auch in unserem normalen Umfeld, etwa im Bistro oder am Strand. Da allerdings achteten wir darauf, dass unsere Blicke möglichst dezent waren und von den Objekten unserer Beobachtung nicht bemerkt wurden. Im Swingerclub konnte man mit so etwas offener umgehen.

Die beiden in der Sauna hätten jederzeit bemerken können, dass wir sie beobachteten, aber was machte das schon? Im Swingerclub war Zusehen erlaubt, oftmals sogar erwünscht. Es gab also keinen Grund, dass wir uns auf heimlich-verstohlene Blicke beschränken mussten. Wollte im Club jemand keine Zuschauer, ging er in ein Separee. Eine Sauna mit Glastür fiel nicht unter diese Raumkategorie.

„Die beiden sind sicher schon ewig ein Paar und haben mindestens drei Kinder", vermutete Steffen.

„Und eins davon ist gerade ausgezogen", ergänzte ich. „Bei den anderen fragen sie sich, wann das endlich passieren wird."

„Sie sind beide Akademiker, verdienen gut und wohnen in einem schicken Penthaus am Stadtrand."

„Oder in einer stilvollen Altbauwohnung in der Innenstadt oder zumindest nicht weit weg davon."

„Für wie alt hälst du sie?"

„Er wird Ende 40 sein, sie Mitte 40."

„Ich weiß nicht. Er könnte auch schon über 50 sein."

„Nein, das glaube ich eigentlich nicht."

Das war ungefähr der Moment, in dem der Mann zum ersten Mal den Blick von seiner Frau löste und zu uns hersah. Hatte er tatsächlich erst jetzt bemerkt, dass wir ihn und seine Frau beobachteten? Als sich unsere Blicke trafen, lächelte ich und er erwiderte dieses Lächeln. Im nächsten Moment zwinkerte er mir zu. Eine Einladung? Falls ja, dann enttäuschte ich ihn nun möglicherweise, denn ich veränderte mein eher unverbindliches Lächeln nicht. Zudem machten Steffen und ich nicht die geringsten Anstalten, uns von unseren Stühlen zu erheben. Aber die Erotikfee in mir (oder war es vielleicht die Teufelin?) prickte mich, etwas anderes zu tun – und dem interessanten Mann in der Sauna zumindest ein Lächeln der besonderen Art zu schenken.

Ich trug ein kurzes (ein sehr kurzes) Cocktailkleid mit tiefem Wasserfallausschnitt, das ich mir ein paar Jahre zuvor für einen Clubbesuch auf Mallorca zugelegt hatte, und das mich seither schon in verschiedene Swingerclubs begleitet hatte. Darunter trug ich nichts – auch keinen Slip. Ich öffnete meine Beine ein Stück weit. Nicht zu sehr, aber doch weit genug, dass der Mann in der Sauna mir zwischen die Beine sehen konnte. Und wenn er nicht kurzsichtig war, dann würde er jetzt meine glattrasierte Muschi erkennen können.

Offenbar war er nicht kurzsichtig. Jedenfalls kam nun mehr Leben in seinen Schwanz, während die Liebkosungen für seine Frau etwas nachließen. Die erste Reaktion gefiel mir, die zweite nicht so sehr. Ich hatte ihn ein wenig anmachen, aber nicht von seiner Frau fortlocken wollen. Trotzdem konnte ich nicht widerstehen, meine Beine noch etwas weiter zu öffnen. Ich liebte es schon immer, wenn ich feststellte, dass ein Mann auf mich reagierte.

Jetzt bemerkte wohl auch seine Frau, dass die Streicheleinheiten weniger wurden – zumindest weniger intensiv, wie ich vermutete. Sie richtete sich ein wenig auf, sah ihren Mann an, dann uns, dann wieder ihren Mann und legte schließlich ein wissendes Lächeln auf. Dieses Lächeln gefiel mir. Vor allem war ich froh, dass es überhaupt ein Lächeln war und keine Empörung. So etwas hatte ich auch schon erlebt. Manche Frauen mochten es nicht, wenn die Aufmerksamkeit des eigenen Mannes von einer anderen Frau abgelenkt wurde – selbst in eher neutralen Situationen wie etwa an der Bar oder im Vorübergehen auf dem Gang oder eben beim Schwitzen in der Sauna. Beim Sex mochte ich Ablenkungen auch nicht so gern, aber ansonsten empfand ich es als völlig normal, wenn man sich im Swingerclub andere Menschen ansah. Denn schließlich ging man ja in einen Club, um Kontakt mit anderen Frauen und Männern zu knüpfen.

Allerdings traf das nicht unbedingt auf alle Besucher zu. Er gab auch Paare, die in einen Club gingen, und dort unter sich bleiben wollten. Sie genossen die Atmosphäre, sie hatten Sex miteinander – und das wars. Bei solchen Paaren konnte es durchaus Irritationen auslösen, wenn einer von beiden zu viel Interesse an anderen Menschen zeigte. Vermutlich verbauten sich solche Paare mit zu viel Eifersucht weitergehende Aktivitäten. Ich vermutete allerdings nicht, dass dieses Sauna-Paar zu jener Kategorie gehörte. Ich konnte mir gut vorstellen, dass die beiden auch viel Spaß am Partnertausch hatten. Doch auch das war natürlich reine Spekulation.

So wie die Frau da jetzt lag – gestützt auf einen Ellenbogen und mit verständnisvollem Lächeln im Gesicht – wirkte sie sehr souverän. Souverän, attraktiv und nicht im Geringsten eifersüchtig. Sie hatte einen flachen Bauch, kleine Brüste und graublonde Haare. Oder waren sie ganz einfach grau? Falls ja, dann komplett und nicht nur an den Schläfen ergraut wie bei ihrem Mann. Auf jeden Fall stand ihr diese Haarfarbe gut und verlieh ihr eine sehr besondere Schönheit.

Ich löste meinen Blick von den beiden und sah Steffen an. Er hingegen betrachtete eingehend die beiden Menschen in der Sauna. Hatte er direkten Augenkontakt mit einem von ihnen? Vielleicht mit der Frau, wie ich zuvor mit dem Mann? Das fand ich spannend. Für einen Moment erwog ich die Möglichkeit, doch in die Kabine zu gehen. Allerdings würde es dann fraglich sein, wie lange wir noch die Gesellschaft dieses interessanten Paares haben würden. Sie waren ja schon eine ganze Weile in der Heißluftkabine. Vermutlich mussten sie diesen Saunagang bald beenden. Reizvoll war der Gedanke dennoch, ihnen etwas direktere Gesellschaft zu leisten. Sollten wir oder sollten wir nicht?

Während ich mir diese Frage noch stellte, ergab sich die Antwort ganz von selbst: Wir sollen nicht.

Zu kurz gesprungen

D a seid ihr ja!", hörte ich in diesem Augenblick die kräftige Stimme eines Mannes neben uns.

Beinahe erschrocken sah ich zur Seite und erblickte unsere Verabredung. Saskia und Felix hatten sich deutlich verspätet, aber nun waren sie da. Eigentlich war es ja ganz schön, dass sie endlich den Weg zu uns gefunden hatten, nachdem wir so lange auf sie hatten warten müssen. Aber im ersten Moment empfand ich ihr Erscheinen beinahe als Störung. Der sinnliche Zauber, der sich allein aus Blicken zwischen den beiden Sauniern und uns ganz allmählich aufgebaut hatte, war sofort verschwunden – brachial zerstört, wie ich es wahrnahm. Ich brauchte ein paar Sekunden, um mich zu sammeln und mich in die neue Situation einzufühlen. Dann endlich setzte ich mein liebstes Lächeln auf und erhob mich ebenso wie Steffen aus dem Korbstuhl.

Wir umarmten einander – wobei jeder jeden einige Sekunden an sich drückte. Felix entschuldigte sich wortreich für die heftige Verspätung – mit einer kompliziert klingenden Begründung, die ich umgehend wieder vergaß. Das war ja auch nicht weiter wichtig. Wichtig war allein, dass sie endlich den Weg zu uns gefunden hatten.

Wir verließen den Wellnessbereich und ich drehte mich noch einmal kurz zur Saunakabine um. Die beiden Menschen darin sahen uns mit einem undefinierbaren Blick nach. Nun erwiderte ich doch noch das Zwinkern des Mannes. Dann folgte ich Steffen und den anderen beiden.

Die Fotos hatten nicht zu viel versprochen. Vor allem Felix war ein ziemlicher Hingucker für weibliche Augen. Seine engen Shorts und das ebenfalls eng anliegende Shirt betonten seine muskulöse Figur. Saskia trug lediglich Slip und BH, wobei ihr Oberteil vielleicht etwas zu knapp geraten war. Jedenfalls konnte man den Eindruck haben, dass ihre großen Brüste das Teil im nächsten Moment sprengen würden. Sie wusste schon, wie sie ihre Reize gut zur Geltung bringen konnte. Ich sah meinem Mann an, dass er viel Lust auf diese weiblichen Formen hatte. Was ich ihm nicht verdenken konnte. Auch ich knabberte ja gern mal an einer schönen weiblichen Oberweite. Na, mal sehen, wer hier heute noch so alles an wem knabbert, schmunzelte die Erotikfee in mir.

Die beiden übernahmen wie selbstverständlich die Führung unserer kleinen Gruppe. Was auch ganz okay war, denn sie kannten sich hier wesentlich besser aus als wir. Wir waren zwar nicht das erste Mal in Wien, aber doch das erste Mal im Frivoli. Und je mehr ich mich in diesem Club umsah, umso besser gefiel er mir. Das Ambiente war sehr stimmig; das war eine Umgebung, in der ich mich wohlfühlen konnte – und das war für mich sehr wichtig, wenn ich Sex haben wollte. Ob ich wollte (vor allem: ob ich mit diesem Mann wollte), würde sich finden. Der rein optische Eindruck sprach aber sehr dafür.

Felix führte uns vom Saunabereich aus (sehr zielstrebig, wie mir schien) zu einem kleinen Raum, der höhlenartig aussah. Auch der Eingang war eher ein Loch in der Wand, durch das man hindurchkrabbeln musste, um hineinzukommen. Die kleine Spielwiese in dieser Höhle war sicherlich gut geeignet für zwei Paare.

„Hier?", fragte Felix, legte eine Hand auf meinen Po und wies auf das Loch in der Wand.

„Wie hier?", entgegnete ich leicht irritiert.

„Na, wollen wir hier rein? Ist gerade frei für uns."

Steffen und ich sahen uns verblüfft an. Obwohl ich ahnte, wie viel Lust er auf Saskia hatte, ging ihm offenbar der gleiche Gedanke durch den Kopf wie mir: Das ging jetzt doch etwas zu schnell. Er zog eine Augenbraue hoch und sah mich fragend an.

„Ich dachte eigentlich, wir trinken erst mal ein Glas Wein zusammen und essen eine Kleinigkeit", sagte ich.

Für ein paar Sekunden entstand eine seltsame Stille in unserer Vierergruppe. Offenbar hatten die beiden nicht mit dieser Bremsaktion gerechnet, und wollten umgehend zum Sex übergehen. Natürlich hatten wir es in einem Swingerclub schon erlebt (und das auch gar nicht mal so selten), dass man sich ohne jegliche Anlaufzeit spontan auf Sex mit wildfremden Menschen einließ. Aber das waren stets Zufallsbegegnungen auf der Matte oder wo auch immer gewesen. Wenn man sich hingegen mit einem Paar vorab verabredet hatte, dann hatten wir (vor allem ich) doch das Bedürfnis, die zwei Menschen erst einmal etwas kennenzulernen, bevor mehr passierte. Das sah unsere Verabredung offenbar anders.

„Ach so", entgegnete Felix. „Wir dachten, ihr hättet schon gegessen, als wir euch hier im Wellnessbereich entdeckt haben."

„Nein", erwiderte Steffen. „Wir haben auf euch gewartet. Gemeinsam essen ist doch ein schönes Intro, um sich kennenzulernen."

Felix nickte kurz, nahm seine Hand von meinem Po und sagte: „Na gut, dann also erst etwas essen."

Ich sah ihm an, dass er enttäuscht war. Mein Einwand hatte seine gute Laune sichtlich nach unten korrigiert. Saskia schien es eher egal zu sein. Sie zuckte nur mit den Schultern. Waren wir jetzt zu eingefahren mit unserer üblichen Herangehensweise? Nur weil wir das mit einer Verabredung im Club normalerweise so machten, musste es ja eigentlich nicht zwangsläufig immer nach dem gleichen Schema ablaufen. Man hätte ja auch fröhlich poppen und sich anschließend näher beschnuppern können. Möglich war vieles. Und natürlich hatten wir uns mit den beiden zum Ficken verabredet. Aber ein bisschen Anlaufzeit mochte ich trotzdem lieber. Mit mehr Anlauf sprang man normalerweise auch weiter.

Kurz darauf fanden wir uns an einem kleinen Tisch im Essbereich wieder. Während wir aßen und tranken, kamen wir nun so allmählich ins Gespräch. Fragen nach ihrem privaten Umfeld wichen die beiden aus, aber das war okay. Wir hatten schon mehrfach erlebt, dass Menschen im Swingerclub eher zurückhaltend mit solchen Informationen waren. Wir ja eigentlich auch, aber ein bisschen von sich erzählen, war doch ganz hilfreich, wenn man sich kennenlernen und nicht einfach nur hirnlos poppen wollte. Ich hatte schon immer den Eindruck, dass der Sex besser war, wenn man sich vorher zumindest ein wenig kennengelernt hatte. Vermutlich ganz einfach deshalb, weil ich mich dann besser auf mein Gegenüber einstellen und mich auch besser fallenlassen konnte. Immerhin beim Thema Sport fanden wir schließlich einen guten Anknüpfungspunkt.

„In Hannover gibt es einen sehr schönen Stadtwald", erzählte Steffen. „Da gehen wir häufig auf den kleinen Waldwegen joggen."

„Ja, joggen gehe ich auch gern", erwiderte Saskia. „Wir wohnen im 22. Bezirk, da ist es nicht weit zur Donau. Da kann man wunderbar laufen. Wie lang ist eure Strecke?"

„Normalerweise laufen wir eine Zehn-Kilometer-Runde."

„Das laufe ich auch meist. Wie lange brauchst du dafür?"

„Kommt drauf an, ob er allein läuft oder mit mir", antwortete ich für meinen Liebsten. „Er ist schneller als ich. Aber er passt sich mir an."

„Aber nur ein bisschen", ergänzte Steffen. „Wenn ich auf Tempo laufe, dann bin ich ganz zufrieden, wenn ich unter 50 Minuten bleibe."

„Läufst du auch?", fragte ich und sah Felix an.

„Ja, manchmal. Dann aber mehr auf dem Laufband im Fitnessstudio."

„Du ziehst das Laufband der Donau vor?", fragte ich erstaunt.

„Im Fitnessstudio bin ich ohnehin ziemlich oft. Da kann ich das auch da machen."

Ach ja, dachte ich und musterte den Mann, der mir gegenüber saß, eingehend. Man sah ihm an, dass er die Muckibude ausgiebig nutzte. Seine breiten Schultern und der insgesamt recht muskulöse Oberkörper kamen in seinem schwarzen ärmellosen Netzshirt gut zur Geltung – was ihm vermutlich auch wichtig war. Felix begann jetzt zu erzählen: von Ergometer, Rudergerät, Hantelbank und Bauchtrainer. Er ging sehr ins Detail, erklärte uns, welches Gerät für welche Muskelpartien am besten und wie sein Trainingsstand wobei war.

Auch Steffen war ja ganz gut trainiert, aber Felix baute seine Muskeln offenbar sehr gezielt und erfolgreich auf. Glücklicherweise war es nicht zu heftig, sondern gerade so, dass es männlich wirkte – auf mich jedenfalls. Optisch war der Mann durchaus ein Leckerbissen. Wie er sich wohl zwischen meinen Beinen anfühlen würde? Vielleicht sollten wir das Gespräch nicht mehr allzu sehr ausdehnen. Gepflegte Konversation war offenbar nicht Felix´ große Vorliebe. Sein Lieblingsthema war jedenfalls nicht meins. Ich ging joggen und gut. Selbst die Werte auf Steffens Stoppuhr an seinem Handgelenk waren mir meist ziemlich egal.

Glücklicherweise war Saskia auch für ein paar andere Themen zu haben, wenn auch auf einem eher mittleren Niveau. Als ich ein paar Anspielungen auf die Geschichte des Habsburgerreiches machte (die mich als Historikerin bei diesem Besuch in Wien natürlich interessierte), schien sie nicht so recht zu verstehen, wovon ich sprach. Also ließ ich das Thema wieder fallen. Die Frau war mir trotzdem sympathisch – und allein das zählte hier.

Allerdings stellte ich mir die Frage, wie sympathisch mir Felix eigentlich war. Sympathisch genug, um Sex mit ihm zu haben? Natürlich willst du Sex mit ihm, flüsterte meine Erotikfee, während ich noch einmal dezent meine Blicke über den Mann wandern ließ. Na gut, meiner Erotikfee konnte ich ja schließlich nicht widersprechen. Die behielt fast immer recht.

Ich ließ einen meiner Pumps vom Fuß gleiten, streckte mein Bein unter dem kleinen Tisch aus und wanderte mit der Fußspitze an Felix' Bein ein Stück weit nach oben. Umgehend erhellte sich sein bis dahin eher neutraler Gesichtsausdruck. Als mein Fuß an seinem Knie angelangt war, griff er danach, hielt ihn fest und grinste mich an.

„Erwischt", sagte er und sah mir in die Augen.

„Und was fängst du damit nun an?", fragte ich ihn, ohne den Blick abzuwenden.

Er entgegnete nichts, legte meinen Fuß auf seinen Oberschenkel und streichelte mein Bein. Schade eigentlich, dass er mir gegenüber saß – und somit zu weit weg, als dass er seine Streicheleinheiten auch auf meine Oberschenkel oder noch etwas weiter hinauf hätte ausdehnen können. So langsam war ich nun doch bereit, mich von ihm in die Höhle oder wohin auch immer entführen zu lassen. Ob er wohl schon bemerkt hatte, dass ich unten ohne war?

Abendessen, Weißwein und Smalltalk hatten ihre Wirkung bei mir nicht verfehlt. Auch Felix schien nach seiner Enttäuschung über meine Bremsaktion nun wieder besserer Laune zu sein – spätestens, seit mein Fuß an seinem Bein nach oben gewandert war. Den allerdings schien er nun nicht mehr wieder loslassen zu wollen.

Jetzt löste ich meinen Blick doch von seinen Augen und schielte zur Seite – wobei ich feststellte, dass es zwischen Saskia und Steffen ähnlich brizzelte. Allein das Lächeln in ihren Gesichtern sprach Bände.

Es wurde Zeit für einen Ortswechsel.

Niemand musste es aussprechen. Als ich meinen Fuß von Felix´ Bein zurückzog und anschließend aufstand, erhoben sich alle. Wir verließen den Essbereich und schlenderten durch den Club, wobei wir uns erneut Felix´ Führung anvertrauten. Wie ich erwartet hatte, standen wir kurz darauf wieder vor dem Höhleneingang. Anders als vor dem Essen war die kleine Spielwiese nun aber nicht mehr frei, sodass wir weiterzogen. Auch in den anderen Räumen war nun deutlich mehr los als eine Stunde zuvor. Ich hätte nichts dagegen gehabt, hier und da ein wenig zuzusehen. So etwas war ja auch immer wieder anregend und als Einstimmung für eigene Aktivitäten gut geeignet. Aber Felix blieb überall nur ein paar Sekunden stehen. Offenbar suchte er sehr gezielt nach einem geeigneten Platz für uns vier. Aber das war ja auch okay.

„Was ist denn da oben?", fragte ich und sah auf die Treppe.

Bevor jemand etwas anderes sagen konnte, begann ich, die Stufen hinaufzugehen. Natürlich wusste ich noch so ungefähr, was in der oberen Etage war. Steffen und ich waren zu Beginn des Abends (als

unsere Verabredung noch durch Abwesenheit ge-
glänzt hatte) auch schon kurz da oben gewesen. Aber
meine zur Schau gestellte Neugierde gab mir die
Möglichkeit, kurz entschlossen als erste hinaufzugehen. Und wie erwartet, folgte Felix mir umgehend.
Nun ließ ich mir Zeit – Zeit genug, dass er mir unter
das kurze Kleid sehen konnte. Eigentlich müsste er
spätestens jetzt feststellen, dass du keinen Slip drun-
ter hast, schmunzelte meine Erotikfee. Ganz genau.
Das war ja auch der Grund, weshalb ich vor ihm auf
die Treppe wollte. Felix hatte zwar auch schon vor
dem Essen kurz seine Hand auf meinem Hinterteil
gehabt, aber nicht unter dem Kleid. Jetzt müsste er so
halbwegs etwas von meinem blanken Po sehen,
mutmaßte ich. Und das sollte er auch.

Als wir oben waren, lächelte ich ihn provozierend
an. Umgehend umarmte und küsste er mich. Dabei
spürte ich seine Hände auf meinem Po – dieses Mal
beide und dieses Mal wanderten sie auch umgehend
unter den Stoff. Da wollte wohl jemand überprüfen,
was er auf der Treppe nur so halb gesehen hatte. Ob
ihm gefiel, was er da in Händen hielt? Ich vermutete
es. Jedenfalls spürte ich seine rasch wachsende
Männlichkeit, die sich gegen meinen Bauch drückte.
Die Erektion eines Mannes war doch immer ein sehr
ehrliches Kompliment für eine Frau. Wie sich sein
Schwanz wohl in mir anfühlen mochte? Ich war mir
sicher, dass ich das bald wissen würde.

Sein Kuss war heftig, seine Zunge drängte sich förmlich zwischen meine Lippen. Ich klammerte mich an ihn und stellte fest, dass seine Muskeln nicht nur sehr fest aussahen. Ich musste gestehen, dass mich dieser durchtrainierte Körper beim direkten Kontakt noch mehr anmachte.

Als wir uns schließlich wieder voneinander lösten, entdeckte ich in der ersten Sekunde nur Steffen, der neben mir stand. Erst auf den zweiten Blick sah ich Saskia. Sie hockte vor ihm und hatte seinen Schwanz im Mund. Offenbar hatte nicht nur Felix eine Vorliebe für ein hohes Tempo. Aber hier auf dem Flur wollte ich nicht so gern bleiben.

„Gibt es hier auch Matten?", fragte ich.

Ohne zu antworten, nahm Felix meine Hand und zog mich auf eine größere Spielwiese. Saskia und Steffen folgten uns umgehend. Leider waren wir nicht allein hier. Drei weitere Paare waren in diesem Raum bereits aktiv, teils für sich, teils auch paarübergreifend. Aber es gab noch ausreichend Platz für uns. Der Raum hatte Spiegel an den Wänden, wodurch der Eindruck, sich hier auf einer großen, belebten Spielwiese zu befinden, noch verstärkt wurde. Ich hätte zwar ein Separee vorgezogen, aber davon schien es derzeit kein freies mehr zu geben.

Jetzt ging alles ziemlich schnell – was zu diesem Zeitpunkt ja auch in Ordnung war. Wir hatten uns immer mehr aufgeheizt. Zum Ende des Essens und auch auf dem Weg durch den Club. Der Anlauf war für mein Empfinden nun lang genug gewesen – jetzt durfte gern gesprungen werden.

Die wenigen Sachen, die wir trugen, landeten ungeordnet in einer Ecke, im Handumdrehen fand ich mich nackt auf dem Rücken liegend auf der Matte wieder. Nur Sekunden später war Felix' Kopf zwischen meinen Beinen, und ich spürte seine Zunge an meiner Muschi. Er hielt sich nicht mit sanftem Küssen oder Streicheln auf, sondern tauchte direkt zwischen meine Schamlippen ein und begann, mich heftig zu lecken – beinahe etwas zu heftig. Aber ich fasste das als Kompliment auf. Dieser Mann war heiß auf mich und zeigte mir das. Ich mochte es, wenn ich so etwas spüren konnte – und hier spürte ich das sehr deutlich.

Ich sah zur Seite und stellte fest, dass auch Saskia wieder schnell dabei war. Steffens Schwanz war tief in ihrem Mund verschwunden – so tief das bei seiner eindrucksvollen Männlichkeit möglich war. Allerdings hielt sie sich damit nicht lange auf, sondern kniete sich bald direkt über seine Beine und ließ seinen Schwanz zwischen ihre vollen Brüste gleiten. Wusste sie, dass Steffen eine Vorliebe für Busenfick hatte? Ich versuchte, mich an den Mailverlauf mit den beiden bei Joyclub zu erinnern, fand da aber keinen entsprechenden Hinweis. Vielleicht war es ja auch Zufall, und sie mochte es ebenso gern, einen schönen Schwanz zwischen ihren Brüsten zu spüren, wie Steffen es liebte, genau dort sein bestes Stück zu platzieren. In der Hinsicht hatten sich dann wohl zwei gefunden. Doch schließlich hörte ich auf, über derlei Dinge nachzudenken, legte mich einfach zurück und genoss die Zunge des attraktiven Sportlers zwischen meinen Beinen.

Ich hatte keine Ahnung, ob er das mit Absicht machte, um mich einfach ein wenig zu necken. Auf jeden Fall strich er nur immer mal wieder ganz kurz über den Kitzler, während er ihn die meiste Zeit über gar nicht zu finden schien. Was aber eigentlich auch ganz gut war. Denn die Heftigkeit, mit der er leckte, wäre sonst schnell zu viel gewesen. Ich mochte es, wenn mein Kitzler liebevoll stimuliert wurde. Aber wenn das mit zu viel Druck passierte, dann war ich schnell auch mal überreizt. Und das hier war mehr verlangend als liebevoll und zärtlich.

Trotzdem hatte ich nach einer Weile das Gefühl, dass sich allmählich ein Orgasmus in mir aufbaute. Wenn er das noch eine Weile fortsetzte, dann würde er mich zum Höhepunkt lecken. Ich legte meine Hände sanft auf seinen Kopf, um ihm zu signalisieren, dass er bitte dort bleiben und ganz genau so weitermachen sollte. Leider kam die Botschaft aber nicht an.

Es war zwar nicht unmittelbar davor, als er mit seinem Zungenspiel aufhörte, aber ich hatte mich inzwischen ganz gut auf seinen Rhythmus eingestellt und fand es nun doch schade, dass er seine Liebkosungen beendete und sich aus meinem Schoß zurückzog.

Er hockte sich über meinen Oberkörper und drückte seinen Schwanz zwischen meine Brüste. Möglicherweise hatte es ihn animiert, was seine Frau soeben mit meinem Mann tat. Meine eher mittelgroße Oberweite war zwar für einen Busenfick ebenfalls groß genug, aber natürlich nicht derart gut geeignet wie die von Saskia. Doch auch Felix' Schwanz war ja nicht so groß wie der von Steffen, weshalb ich den Eindruck hatte, dass das ganz gut passte. Ich drückte meine Brüste mit den Händen zusammen, und Felix bewegte seinen Schwanz dazwischen vor und zurück.

Allerdings hielt er sich auch damit nicht allzu lange auf. Im nächsten Augenblick platzierte er sein bestes Stück direkt vor meinem Gesicht. Die Aufforderung war überdeutlich, aber das ging schon in Ordnung. Er hatte mir zwar keinen Orgasmus beschert, aber er hatte mich mit der Zunge verwöhnt, sodass ich mich nun auch gern auf ähnliche Weise dafür bedanken wollte.

Sanft leckte ich über die Eichel, nahm das steife Teil dann vorsichtig in den Mund und begann, ihn zu blasen. Ganz sanft, so wie ich das zu Anfang meist machte, bevor ich die Intensität allmählich steigerte. Doch das ging ihm wohl zu langsam. Jedenfalls fing er sehr bald an, die Regie zu übernehmen und stieß kräftig zu. Ich blies ihn nicht, sondern er fickte mich in den Mund. Allerdings erlaubte ich ihm nicht, dabei so tief zuzustoßen, wie er das wohl gern getan hätte. Mit meiner Hand um seinen Schwanz konnte ich die ganze Sache ganz gut unter Kontrolle behalten. Daran änderten auch seine Hände an meinem Kopf nichts, mit denen er mich festhielt.

Möglicherweise war ihm das zu wenig. Jedenfalls änderte er bald erneut die Position. Im ersten Moment war mir nicht klar, was er wollte, aber als er zu einem Kondom griff, war es eindeutig. Ich ging auf die Knie und streckte ihm meinen Po entgegen. Ich mochte es schon immer, wenn ich doggy genommen wurde – vor allem beim Partnertausch oder im Gruppensex-Durcheinander. Denn auf die Weise konnte ich gut mitbekommen, was mein Mann so trieb. Und der Blick auf ihn beim Sex mit einer anderen Frau erregte mich sehr. Doggy war zwar keine Position, in der ich gut zum Höhepunkt kam, aber dabei musste es ja nicht bleiben. Wenn Felix mich später noch in der Missio nehmen würde, dann sah das möglicherweise anders aus. Offensichtlich war dieser Mann ja ein Freund häufiger Stellungswechsel.

Als er von hinten in mich eindrang, sah ich, wie auch Steffen sich soeben ein Gummi über den Schwanz rollte. Er lag auf dem Rücken, und kaum hatte er sein bestes Stück verpackt, hockte sich Saskia auch schon auf ihn. Es sah sehr schön aus, den großen Schwanz meines Liebsten zwischen den Pobacken der anderen Frau verschwinden zu sehen. Sie begann, auf ihm zu reiten und ihre großen Brüste wippten im Takt auf und ab. Wenn ich etwas näher gewesen wäre, dann hätte ich vermutlich nicht der Versuchung widerstehen können, nach diesen schönen Brüsten zu greifen. Aber allein der Anblick war erregend.

Währenddessen hielten Steffens Hände ihren Po fest – offenbar sehr fest, wie mir schien. Oh ja, dachte ich. So sollte Felix mich auch gleich noch nehmen. Allerdings wurde mir sehr schnell klar, dass er das wohl nicht tun würde – jedenfalls nicht allzu bald.

Ich hatte keine Ahnung, wie lange er überhaupt schon zugestoßen hatte. Sonderlich ausgiebig war es jedenfalls nicht gewesen. Der Druck seiner Hände an meinen Hüften verstärkte sich, ich spürte, wie der Mann sich verkrampfte und im nächsten Augenblick auch schon kam. Ein paar schwache Stöße noch, dann war es vorbei. Dieser gut gebaute Sportler war ein Schnellspritzer. Wie schade. Aber dagegen konnte er wohl selbst nichts machen. Bei manchen Männern war das eben so. Ich hätte ihn gern noch länger in mir gespürt, aber was nicht war, das war eben nicht. Dann mussten wir unseren Sex eben auf andere Weise fortsetzen. Da gab es ja viele Möglichkeiten.

Er zog sich aus mir zurück, ließ sich auf den Rücken fallen und sah mich ernst an. Ich lächelte, um ihm zu signalisieren, dass alles okay sei und ich ihm seinen überraschend schnellen Orgasmus nicht übelnahm – was ja auch kindisch gewesen wäre.

„Was ist?", fragte er.

„Nichts", entgegnete ich. „Alles gut."

Und das meinte ich auch so – ungeachtet der Tatsache dass die Antwort „Nichts" bei einer Frau zuweilen genau das Gegenteil bedeutete. In diesem Fall meinte ich es aber so, wie ich es gesagt hatte – was Felix aber wohl zweifelhaft erschien. Jedenfalls hatte er nun offensichtlich das Bedürfnis, seinen schnellen Orgasmus irgendwie schönzureden:

„Dafür kann ich aber ziemlich oft und auch schnell hintereinander", sagte er. „Du wirst sehen!"

„Stimmt", bestätigte Saskia, ohne den Ritt auf Steffens Schwanz zu unterbrechen. „Das kann er."

Ich war mir nicht so sicher, ob ich das überhaupt diskutieren wollte. Wesentlich lieber wäre mir gewesen, er hätte mich jetzt noch mit Fingern und Zunge ebenfalls zu einem Höhepunkt gebracht. Da er das Kondom noch immer über dem Schwanz hatte und somit sein Sperma nicht im Spiel war, hätte er das problemlos tun können. Aber auf die Idee kam er wohl gar nicht.

Also machte ich es mir selbst, als er noch immer untätig blieb. Dabei sah ich ihm direkt in die Augen. Ich setzte mich auf den Po, öffnete weit meine Beine, sodass er einen guten Blick in meinen Schoß hatte, ließ die Finger durch meine Schamlippen gleiten und sah Felix an. Vielleicht konnte ich ihn auf die Weise ja animieren, noch einmal Hand (oder besser noch: Finger und Zunge) bei mir anzulegen. Doch leider erreichte ich damit das Gegenteil.

Er sah mir nur einen Moment zu, zuckte dann undefinierbar mit den Schultern und drehte sich plötzlich von mir weg – hin zu einem der anderen Paare, die ebenfalls auf dieser Spielwiese waren. Die Frau jenes Paares verwöhnte ihren Partner (oder einen der anderen Männer; mir war nicht ganz klar, wer da zu wem gehörte) mit dem Mund, und Felix tastete mit den Fingern in ihren Schoß. Als sie ihre Beine bereitwillig für ihn öffnete, robbte er noch näher an sie heran und vergrub seinen Kopf zwischen ihren Beinen. Ich war einigermaßen perplex und fühlte mich links liegengelassen.

Meine (auch nach Felix' schnellem Orgasmus) noch vorhandene Erregung tendierte nun stark gegen null. Auch auf meine Handarbeit hatte ich jetzt keine Lust mehr. Ich sah Saskia und Steffen teilnahmslos zu. Ich wollte sie nicht stören, aber in der Stimmung, da möglicherweise noch mitzumischen, war ich auch nicht mehr – was ich möglicherweise getan hätte, wenn zwischen Felix und mir etwas mehr Harmonie geherrscht hätte. So aber betrachtete ich den Fremdfick meines Mannes mit der anderen Frau eher neutral und wartete nur noch darauf, dass die beiden fertig wurden.

Sie drehten sich, sodass er nun auf ihr lag und sie in der Missio nahm. Steffen stieß mit kräftigen Stößen in sie und ich hatte den Eindruck, dass ihr das sehr gefiel. Sie verschränkte ihre Beine auf seinem Po und klammerte sich eng an ihn. Vermutlich würde er später Abdrücke ihrer Fingernägel im Rücken haben, mutmaßte ich. Ich sah Saskia an, dass sie wohl bald kommen würde – womit ich recht behielt. Ein stiller, aber dennoch deutlich wahrnehmbarer Höhepunkt durchzuckte sie. Steffen hielt kurz inne und machte dann weiter. Bald darauf kam auch er in ihr.

Er zog sich aus ihr zurück, zog das gut gefüllte Kondom ab, lächelte sie liebevoll an, küsste sie und lächelte dann mich an. Da mein Blick wohl etwas sparsamer ausfiel als der von Saskia, ging auch der Gesichtsausdruck meines Liebsten schnell in ein Fragezeichen über. Er war zum Ende hin sehr auf Saskia konzentriert gewesen und hatte wohl nicht mitbekommen, was bei Felix und mir gelaufen war – beziehungsweise irgendwann nicht mehr gelaufen war.

„Ich würde gern gehen", sagte ich leise zu ihm.

Steffen nickte und stellte zunächst keine Fragen. Das war eine unserer Regeln beim Swingen: Wenn einer von uns beiden aus einer Situation aussteigen wollte, dann war das so und musste nicht hinterfragt werden. Dass wir später darüber sprachen, war eine andere Sache. Aber für den Moment hatte ich für mich eine Entscheidung getroffen, die Steffen zur Kenntnis nahm und mittrug – auch wenn ich mir sehr sicher war, dass er gern noch ein sinnliches Nachspiel mit seiner jungen Wiener Schönheit erlebt hätte.

Er beugte sich noch einmal kurz zu Saskia, gab ihr einen Kuss, warf einen Blick auf den beschäftigten Felix, zuckte mit den Schultern und stand auf. Wir nahmen unsere Sachen und verließen die Spielwiese. Am Eingang drehte ich mich noch einmal kurz um. Felix leckte die fremde Frau noch immer. Offenbar bekam er gar nicht mit, dass wir gingen. Saskia sah uns noch nach, wirkte etwas irritiert, legte sich dann aber neben ihren Mann und sah ihm zu.

Das war ein längerer Anlauf mit einem sehr kurzen Sprung, murmelte meine enttäuschte Erotikfee.

Streifzug

Unter der Dusche erzählte ich Steffen, wie ich den Partnertausch erlebt hatte.

„Es kann ja nicht immer alles perfekt laufen", sagte er. „Der Ober-Empath scheint er nicht zu sein."

„Dass er ein Schnellspritzer ist, finde ich nicht schlimm. Aber er ist ein Hektiker. Nichts gegen ein fantasievolles Wechselspiel, aber das ging mir einfach zu sehr hin und her. Und vor allem habe ich mich von ihm nicht wirklich wahrgenommen gefühlt."

„Schade."

„Mit dir und Saskia war es harmonischer, oder?"

„Ja, war zumindest okay."

Okay war eine Bezeichnung für Fremdsex, die für mein Empfinden eigentlich auch nicht ausreichte. Wenn ich einen anderen Mann spüren wollte, dann sollte es auch richtig gut sein. Aber vielleicht wollte Steffen nach meinem bestenfalls mittelmäßigen Erlebnis jetzt auch nicht zu viel Begeisterung über seine Nummer mit Saskia zeigen. Das empfand ich als sehr empathisch – zumal ich durchaus den Eindruck gehabt hatte, dass er den Sex mit der vollbusigen Schönheit sehr genossen hatte. Was mich für ihn natürlich auch freute.

„Ob wir ihnen heute Abend wohl noch einmal begegnen werden?", überlegte mein Liebster.

„Darauf kann ich verzichten", entgegnete ich und wirkte möglicherweise etwas giftiger, als ich es gemeint hatte.

Allerdings war es eher unwahrscheinlich, dass man sich im Laufe der Nacht nicht doch noch einmal über den Weg lief – jedenfalls, wenn beide Paare den Clubabend fortsetzen würden. Und eigentlich sahen wir keine Veranlassung, die Sache abzubrechen. Derart katastrophal war das Erlebnis ja nun auch wieder nicht gewesen. Ich war für den Augenblick zwar nicht mehr in Stimmung, aber das konnte sich ja auch wieder ändern.

Genau das hatte vermutlich auch Steffen im Sinn. Während ich das heiße Wasser auf meiner Haut genoss, nahm er mich in den Arm, küsste mich liebevoll und drückte mich an sich. Ich spürte seinen Schwanz, der allerdings in Ruhestellung war.

„Soll ich dich jetzt mal ficken?", flüsterte er mir ins Ohr.

„Nein", entgegnete ich. „Aber du könntest mit mir schlafen."

Erfreulicherweise war auf den Spielwiesen nun weniger los als vor unserem seltsamen Partnertausch. Die erste Runde war wohl allgemein durch, und die meisten Leute würden nun im Barraum sein, mutmaßte ich. Wir suchten uns eine ruhige Ecke, die wir auf dem Dschungelbett fanden. Steffen verwöhnte mich ausgiebig mit Fingern und Zunge, sodass auch ich nun zu meinem ersten Orgasmus des Abends kam. Als er kurz darauf in der Missio mit mir schlief, bescherte er mir einen zweiten Höhepunkt – und zwar einen von der Sorte, der mich von Kopf bis zu den Zehenspitzen wundervoll durchzuckte. Mein Mann war einfach ein wundervoller Liebhaber, stellte ich wieder einmal fest. Wenn ich allein mit ihm Sex hatte, liebte ich es, wenn er mich in dieser Stellung nahm. Da war ich ganz Frau und wollte ihn einfach zwischen meinen Beinen spüren.

Ich beschloss, mich für die beiden wundervollen Höhepunkte bei ihm zu bedanken. Ich drückte ihn von mir herunter, kniete mich neben ihn und begann, ihn zu blasen. Ich wusste genau, wie sehr er das am Ende mochte. Und als ich die Hand mit dazu nahm, dauerte es nicht lange, bis er schließlich in meinem Mund kam. Ich hielt die Lippen fest geschlossen, bis das letzte Sperma herausgequollen war und ich alles geschluckt hatte. Er sah mich mit funkelnden Augen an, als ich wieder aus seinem Schoß auftauchte. Ich liebte diesen Blick meines Mannes.

Es war aber auch ganz gut, dass er nicht in mir gekommen war. Sollte es in dieser Nacht doch noch zu einem Partnertausch kommen (mit wem auch immer), dann war es zumindest ein Akt der Freundlichkeit, meine Muschi spermafrei zu halten. Nicht jeder Mann leckte gern eine Frau, in der bereits ein anderer abgespritzt hatte. Und auch nicht jede Frau wollte fremdes Sperma schmecken.

Genau dieser Gedanke zuckte durch meinen Kopf, als Steffens Sperma in meinen Mund sprudelte. Sehr schön, stellte meine Erotikfee fest. Du bist wieder in Stimmung.

Wir blieben noch eine Weile eingekuschelt auf dem fantasievoll gestalteten Bett, dessen Umgebung irgendwie tatsächlich an einen Dschungel erinnert. Dann aber duschten wir uns erneut kurz ab und wanderten abermals durch den Club. Jetzt fühlte sich das an wie einer jener Clubbesuche, die wir schon oft erlebt hatten: nur wir zwei, aber offen für andere. Saskia und Felix waren gedanklich in eine erfreuliche Entfernung gerückt – zumindest bei mir. Ob auch Steffen das als erfreulich empfand, wollte ich lieber nicht hinterfragen.

Allerdings entdeckten wir unsere Wiener Verabredung rasch wieder, als wir von außen dem Treiben auf einer Spielwiese zusahen. Wir stellten fest, dass die beiden bereits neuen Anschluss gefunden hatten. Das war ja ziemlich schnell gegangen. Aber die zwei (vor allem er) waren ja auch ganz offensichtlich von der schnellen Sorte. Ich überlegte, ob ich ihre Spielge-fährten bereits irgendwo gesehen hatte. War dies eins der Paare, die vorhin mit uns auf der Spielwiese in der oberen Etage gewesen waren? Nein, das waren andere Menschen, die mir bisher noch nicht aufgefallen waren. Saskia und Felix fanden offensichtlich leicht Mitspieler – was mich auch nicht wunderte. Sie hatten beide einen tollen Body, das musste man neidlos anerkennen. Auch mich hatte der durchtrainierte Mann anfangs ja ziemlich angemacht. Und dass Saskia für männliche (und sicherlich auch viele weibliche) Augen ein Hingucker war, lag ebenfalls auf der Hand.

Steffen wusste offenbar nicht, ob mir der Blick auf das Treiben wirklich guttat. Als Felix ein Gummi über seinen Schwanz zog, um eine fremde Frau von hinten zu nehmen, fragte mein Liebster:

„Gehen wir weiter?"

„Gleich, ich möchte erst noch sehen, wie er kommt."

„Wer weiß, wie lange das dauert."

„Geht ganz schnell, warte mal."

Tatsächlich bestätigte Felix meine Prognose. Schon nach wenigen Stößen war er fertig und zog sich wieder aus der Frau zurück, die ihn irritiert ansah.

„Jetzt können wir weitergehen", sagte ich schmunzelnd.

Wir gingen zurück in den Bambusraum und kamen an der Höhle vorbei, in der sich in diesem Moment ein einzelnes Paar befand. Der Mann lag auf dem Rücken, und seine Frau verwöhnte ihn mit dem Mund. Dass wir den beiden zusahen, nahmen sie offenbar nicht wahr. Mir fiel erst auf den zweiten Blick auf, dass dieses Paar schon einmal in unseren Blick geraten war. Es waren die beiden Saunierer, denen wir zugesehen hatten, während wir auf Saskia und Felix gewartet hatten.

Genau wie vorhin, als wir die beiden vom Vorraum der Sauna aus beobachtet hatten, gefiel mir das Miteinander dieses Paares sehr. Das wirkte nicht ekstatisch oder wild oder gar hemmungslos, sondern einfach nur liebevoll. Vorhin in der Sauna hätten die sanften Berührungen des Mannes für seine Frau auch noch als Wellness bezeichnet werden können. Jetzt hatten sie Sex – hingebungsvoll, sanft und ausgesprochen liebevoll.

Im schwachen Licht dieses Raumes konnte ich das zwar nicht so genau erkennen, aber ich hatte doch den Eindruck, dass die Frau nicht eine besondere Haarfarbe gewählt hatte, sondern tatsächlich komplett grau war. Das hatte ich ja vorhin schon gemutmaßt, doch nun auf die kürzere Entfernung sah das noch mehr so aus. Das wirkte interessant. Sie war grau, ohne alt zu wirken – wenngleich diese beiden Menschen sicherlich einige Jahre älter waren als wir. Wie viel wohl? Genau wie vorhin vor der Sauna fiel es mir schwer, das einzuschätzen. Normalerweise hatte ich einen ganz guten Blick für so etwas, bei diesen beiden Menschen stieß ich in dieser Hinsicht jedoch an Grenzen.

Wir sahen ihnen eine ganze Weile zu, ohne dass sie in irgendeiner Weise Notiz von uns nahmen. Auch als sich die Frau auf ihren Mann setzte, um in der Reiterstellung mit ihm zu schlafen, waren beide sehr beieinander. Sie begann, sich in einem sehr ruhigen Rhythmus auf ihm zu bewegen und steigerten ihr Tempo nicht. Ob der Mann bei dieser ruhigen Nummer auf Dauer seine Erektion aufrecht erhalten konnte? Aber es machte nicht den Anschein, dass er damit Probleme hatte. Mehrfach konnte ich erkennen, wie sein Schwanz zwischen ihren Pobacken zum Vorschein kam. Und er schien die ganze Zeit über sehr steif zu sein. Nein, Erektionsprobleme hatte er sicherlich nicht. Und ein Schnellspritzer wie Felix war er schon gar nicht.

Für eine Sekunde fragte ich mich auch jetzt wieder, wie es wäre, den beiden Gesellschaft zu leisten. Aber ich sagte nichts, und auch von Steffen kam keine entsprechende Anregung. Ich hatte auch nicht den Eindruck, dass dieses Paar gern weitere Mitspieler dabei haben wollten. Wäre dies der Fall gewesen, dann hätte zumindest einer der beiden hin und wieder mal einen Blick zum Eingang der Höhle werfen müssen, um dann gegebenenfalls ein einladendes Lächeln aussenden zu können. Aber von derlei Signalen war nicht das Geringste erkennbar. Die beiden wirkten einfach nur harmonisch und vollkommen aufeinander konzentriert. Sie fickten nicht, sie schliefen miteinander – liebevoll und innig. Ich hatte den Eindruck, sie zelebrierten ihren Sex geradezu. Jede Störung verbot sich da.

Schließlich ließen wir die beiden allein und zogen weiter. Wir gingen in den Barraum und schauten uns bei Wasser und Wein die Menschen an, die an uns vorübergingen. Wir stellten Mutmaßungen an, wer sie wohl waren und zu welcher Sorte Swinger sie gehören könnten. Möglicherweise war es eine Nebenwirkung unserer inzwischen doch reichlich vorhandenen Erfahrungen in dieser sehr besonderen Welt, dass wir andere Menschen zuweilen in Schubladen einsortierten. Da gab es die Hardcore-Swinger, die wahllos alles vernaschten, was sich ihnen bot. Da gab es die Soften, die zurückhaltend waren und eher anderen zusahen und sich selbst bestenfalls zusehen ließen. Und dazwischen gab es eine ganze Reihe von Abstufungen – wo auch wir uns irgendwo einsortieren konnten. Wobei wir natürlich wussten, dass solche Schubladen niemals ganz passten. Viele Menschen waren flexibel und nicht immer mit dem gleichen Spirit unterwegs – ganz abgesehen davon, dass Schubladendenken ohnehin ein ziemlicher Unsinn war. Aber zuweilen machte ja auch Unsinn einfach nur Spaß.

Irgendwann tauchten Saskia und Felix auf. Als sie uns entdecken, kamen sie auf uns zu – was ich nicht unbedingt erwartet hätte. Nach meinem Empfinden hatte es mit den beiden nicht gepasst, weshalb es normal gewesen wäre, wenn alle wieder ihrer Wege gegangen wären. Das war der große Vorteil bei einer Verabredung im Swingerclub gegenüber einem privaten Treffen: Sollte es im Club nicht passen, hatten alle doch noch die Möglichkeit, einen spannenden Abend zu verbringen. Und mit unserer Verabredung an diesem Abend hatte es nun einmal nicht gepasst – jedenfalls nicht zwischen Felix und mir.

„Da seid ihr ja. Warum seid ihr denn vorhin so plötzlich verschwunden?", fragte Felix in einem vorwurfsvollen Unterton.

Jedenfalls hatte ich ganz stark den Eindruck, dass da ein Vorwurf mitschwang. Aber vielleicht war das auch nur meine Sicht der Dinge. Manchmal nimmt man etwas auch nur deshalb auf eine bestimmte Art und Weise wahr, weil man eine entsprechende Erwartung hat.

„Ich hatte nicht den Eindruck, dass du noch Interesse an mir hattest", entgegnete ich.

„Warum das denn? Nur weil ich die Frau neben uns angefummelt habe? Hey, wir sind hier in einem Swingerclub. Da ist so etwas normal."

„Ich weiß, dass wir hier in einem Swingerclub sind. Ich hätte es trotzdem ganz schön gefunden, wenn du mir etwas mehr Aufmerksamkeit geschenkt hättest."

„Mehr Aufmerksamkeit? Hey, ich habe dich ge-fickt! Das ist doch wohl ziemlich viel Aufmerksam-keit. Findest du nicht? Außerdem waren wir fertig."

„Nein, wir waren nicht fertig. DU warst fertig. ICH nicht."

„Ach herrje, gehörst du etwa auch zu den Frauen, die es nicht ertragen können, wenn ein Mann mal etwas schneller kommt, als sie es erwartet haben?"

„Das ist nicht der Punkt", entgegnete ich und be-mühte mich einigermaßen erfolgreich, ruhig zu blei-ben.

Das war es nun wirklich nicht, was mich gestört hatte. Felix war nicht der erste Schnellspritzer, der mir im Laufe unseres Swinger-Lebens begegnet war. So etwas machte ja schließlich niemand freiwillig. Ich konnte mir gut vorstellen, dass ein Mann das noch weit mehr bedauerte als seine Sexpartnerin. Aber es war immer die Frage, wie man damit umging. Es gab ja auch noch andere Möglichkeiten, schönen Sex mit einer Frau zu haben und ihr Lust zu bereiten. Das war es, was mich bei Felix gestört hatte. Es war ihm nach meinem Empfinden ausschließlich um seine eigene Lust gegangen – und kein bisschen um meine. Ich überlegte, wie ich ihm das mitteilen sollte, ohne dass es wie ein Vorwurf klang. Aber ich ließ es.

„Ich glaube, diese Diskussion gefällt mir nicht", sagte ich stattdessen. „Habt noch einen schönen Abend. Ich bin sicher, dass ihr den auch ohne uns haben werdet."

Ich sah Steffen kurz an; er war bereits aufgestanden. Schön, dass er aus meinen Worten umgehend die Aktion folgen ließ, die auch ich für angemessen hielt. Wir ließen die beiden stehen und gingen. Meine letzte Äußerung war vielleicht ein bisschen zickig gewesen, aber ich hatte nicht den Eindruck, dass es mir hätte gelingen können, Felix meine Sicht der Dinge zu verdeutlichen. Also konnte ich es auch lassen. Wir waren in einem Swingerclub, wie Felix ganz richtig festgestellt hatte. Da wollten wir Spaß haben und nicht psychodramatische Verwicklungen aufdröseln.

Wir verließen die Bar, wobei Saskia und Steffen noch bedauernde Blicke tauschten, wie mir auffiel. Ein bisschen tat es mir leid für meinen Liebsten. Zwischen ihm und der jungen Frau gab es durchaus einen Draht. Und die großbusige Saskia passte absolut in sein Beuteschema. Aber er hatte ja Sex mit ihr gehabt – und der war deutlich besser gewesen als mein Erlebnis mit ihrem Mann. Das musste erst einmal reichen, befand ich.

Der Dampfkabinenlover

Wir beschlossen, uns im Dampfbad zu entspannen. Wir hatten an diesem Abend zweimal Sex gehabt. Einmal im Partnertausch und einmal miteinander. Das war zwar nicht übermäßig viel für eine Clubnacht, aber wenn nicht noch mehr passierte, dann war das eben so. So einen Abend musste man ja nicht nach der Anzahl der erlebten Ficks oder der Häufigkeit von Orgasmen bewerten. Es war zwar noch nicht allzu spät, aber ich hatte das Gefühl, dass der Abend bald ausplätschern würde, weshalb mir der Sinn nach Entspannung stand. Manchmal allerdings täuschte mich mein Gefühl auch.

Wir hatten uns gerade an den Nebel der Dampfkabine gewöhnt, da ging erneut die Tür auf. Herein kam ein einzelner Mann, der einen Augenblick an der Tür stehenblieb. Offenbar wartete er darauf, dass sich seine Augen an die Sicht gewöhnten. Als er uns in dem dichten Nebel entdeckt hatte, kam er auf uns zu.

„Darf ich mich zu euch setzen?", fragte der Unbekannte höflich.

Allerdings setzte er sich dann umgehend und ohne eine Antwort abzuwarten direkt neben mich, sodass ich nun von ihm und meinem Mann eingerahmt war.

„Gern", sagte ich, als der Mann bereits saß.

Da dieser Samstagabend ein reiner Paare-Abend war, erwartete ich im ersten Moment, dass seine Frau ihm noch folgen würde – was aber nicht der Fall war. Offenbar gingen er und seine Partnerin im Club auch mal getrennte Wege. So etwas machten manche Paare immer mal wieder. Wir neigten eher nicht zu solchen Alleingängen, wenngleich wir so etwas auch schon erlebt hatten – im Swingerclub allerdings weniger als bei privaten Partys.

„Ich habe gesehen, wie ihr ins Dampfbad gegangen seid", begann der Fremde ein Gespräch. „Und da habe ich mir gedacht: Die Frau, die zu diesem schönen Po gehört, musst du dir mal aus der Nähe ansehen."

Dabei lächelte er mich mit einem offenen und ausgesprochen freundlichen Gesichtsausdruck an. Ich konnte gar nicht anders, als ebenfalls zu lächeln. Ich empfand seine Worte als ein schönes Kompliment. Zudem besaß der Mann eine sonore Stimme. Seine Sätze kamen ganz einfach charmant über. Und da dieser Mann mittleren Alters auch nicht gerade hässlich war, legte ich statt einer Antwort eine Hand auf sein Bein – meine andere Hand lag bereits auf Steffens Oberschenkel. Ich sah kurz zu meinem Mann, er zwinkerte mir zu – womit ich wusste, dass er nichts einzuwenden hatte, falls hier nun noch mehr passieren sollte als nur Schwitzen bei hoher

Luftfeuchtigkeit. Natürlich wird hier noch mehr passieren, flüsterte meine Erotikfee.

Das erste, was passierte, war eine eindrucksvolle Erektion im Schoß des Fremden. Die baute sich innerhalb kürzester Zeit auf. Und das allein durch meine Hand auf seinem Bein? Ganz offensichtlich. Offenbar hatte meine sanfte Berührung seine Fantasie angeregt. Als der Mann nun auch seine Hand auf meinen Oberschenkel legte, öffnete ich meine Beine ein Stück weit. Das verstand er wohl als Einladung, die er umgehend annahm. Als seine Finger meine Muschi berührten, spürte ich Steffens Hand an meinem Busen.

Ich öffnete meine Beine noch etwas weiter, und der Fremde streichelte mich sehr gefühlvoll. Er strich sanft über meine Schamlippen, ließ immer mal wieder einen Finger in mir verschwinden, um ihn im nächsten Moment wieder zurückzuziehen. Steffen beugte sich nun zu meinen Brüsten, die von der hohen Luftfeuchtigkeit ebenso nass waren wie mein ganzer Körper. Er begann, sie zu liebkosen – jedenfalls eine davon. Der Fremde tat es ihm gleich und ich spürte zugleich zwei männliche Zungen und Lippenpaare am Busen. Wundervoll!

Ich konnte gar nicht anders, als meine Hände nach beiden Seiten auszustrecken und nach beiden Schwänzen zu greifen. Der Fremde war nur etwas kleiner als der von Steffen, wenn auch nicht sehr. Und beide waren sie sehr steif.

Zugleich spürte ich auch weiterhin die fremde Hand in meinem Schoß. Der Mann steckte mir nun zwei Finger in die feuchte Muschi und machte dabei sanft-fickende Bewegungen. Als er seine Hand dann wieder zurückzog, hielt er die beiden feucht-glänzenden Finger zwischen uns – um sie im nächsten Augenblick genussvoll abzulecken. Ich half ihm dabei.

„Was für ein aufregender Geschmack", sagte er mit leuchtenden Augen.

„Ich weiß, wo es mehr davon gibt", entgegnete ich.

Dabei gab ich ihm einen kurzen Kuss, legte dann eine Hand auf seinen Kopf und drückte ihn in Richtung meines Schoßes. Ich war mir sicher, dass er in diesem Augenblick ganz genau das im Sinn hatte, wozu ich ihn mit meiner Geste aufforderte. Wie ich es erwartet hatte, kniete er sich vor mich und vergrub seinen Kopf zwischen meinen Beinen, die ich weit für ihn öffnete.

Steffen richtete sich wieder auf und küsste mich. Lange und gefühlvoll, wobei er eine Hand über meine nassen und glitschigen Brüste wandern ließ. Und beinahe ebenso gefühlvoll war die fremde Zunge zwischen meinen Schamlippen. Ich legte dem Mann eine Hand auf den Kopf und strich ihm durchs Haar. Mit gefiel sehr, was er tat, und das wollte ich ihm damit signalisieren. Ich wusste nicht, ob er die Botschaft (anders als Felix zwei Stunden zuvor) realisiert hatte, aber der Mann leckte mich erfreulicherweise weiter – mit viel Ausdauer und viel Hingabe. Als es mir kam, hielt ich mich an Steffen fest und genoss den sanften Orgasmus, der meinen Körper durchzuckte.

Der Fremde wollte seine Liebkosungen zwischen meinen Beinen fortsetzen, aber das wäre jetzt eine Umdrehung zu viel gewesen. Ich griff nach seinem Arm und er setzte sich wieder neben mich. Ich küsste ihn und beugte mich anschließend in seinen Schoß. Ich hatte den Eindruck, dass sein Schwanz nicht mehr ganz so steif war wie vor seiner zärtlichen Aktion an meiner Muschi. Aber in meinem Mund änderte sich das bald wieder.

Zugleich rieb ich mit einer Hand an Steffens Schwanz. Dann wechselte ich: Während ich nun Steffen blies, rieb ich mit der Hand am Schwanz des Fremden. Dieses Spiel wiederholte ich mehrfach, und ich hatte den Eindruck, dass es den Männern rechts und links von mir gefiel. Ein solches Spiel zwischen zwei Männern empfand ich stets als besonders reizvoll, wenn es sich ergab. Wer von beiden wohl als erster kommen würde, sollte ich das eine Weile fortsetzen? Obwohl es allmählich ziemlich warm wurde in dieser Dampfkabine, wollte ich es wissen.

Es war Steffen. Sein Sperma sprudelte in meinen Mund und ich behielt meine Lippen fest geschlossen. Wie vorhin, als wir allein waren, schluckte ich es. Unmittelbar bevor ich mich wieder dem anderen

Mann zuwenden wollte, kam auch er bereits. Ich hatte es im ersten Moment gar nicht bemerkt. Entweder war ich zu sehr auf meinen Mann konzentriert gewesen, oder der Fremde hatte einen sehr sanften Orgasmus. Ich spürte, wie sein Sperma zwischen meinen Fingern hervorquoll. Ich betrachtete das Ergebnis und stellte fest, dass das eine ziemliche Menge gewesen war. Meine Hand war völlig verschmiert, der Fremde strahlte mich an. Für einen Augenblick war ich versucht, auch sein Sperma von meiner Hand und seinem Schwanz zu lecken. Manchmal machte ich so etwas ganz gern – auch beim Partnertausch. Aber dafür war der Fremde mir dann doch zu fremd. Dass ich mit meiner verschmierten Hand dann jedoch meine Brüste einrieb, verursachte bei dem Mann große Augen. Sehr große Augen. Ich liebte einen solchen Blick bei einem Mann.

Kurz darauf standen wir zu dritt unter der Dusche.

„Deine Knie sind ganz rot", stellte ich fest, während sich die Spermareste des Fremden mit dem Duschwasser vermischten und im Abfluss verschwanden.

„Der Fußboden in der Dampfkabine ist leider ziemlich hart – deutlich härter als die Matten der Spielwiesen", entgegnete der Mann verschmitzt. „Aber das war es wert."

Das fand ich auch. Aber es waren ja auch nicht meine Knie. Wir trockneten uns ab und zogen uns wieder an.

„Ich werde mal schauen, wo meine Frau steckt", sagte der Fremde und wandte sich zum Gehen.

„Oder wer in ihr steckt?", entgegnete Steffen süffisant grinsend.

„Vielleicht auch das", erwiderte er schmunzelnd. „Es war schön mit euch."

Mit diesen Worten ließ er uns stehen und war im nächsten Moment verschwunden. Mit fiel auf, dass ich nicht mal seinen Namen kannte. Aber das war ja auch nicht weiter wichtig.

Ein Frauengespräch und seine Folgen

Wir beschlossen, an die Bar zurückzukehren. Auf dem Weg dorthin begegneten uns die beiden Saunierer, die wir später bei ihrem harmonischen Liebesspiel in der Höhle beobachtet hatten. Ich nickte ihnen lächelnd zu, und sie erwiderten den Gruß. Manchmal liefen einem im Laufe einer Clubnacht immer wieder dieselben Menschen über den Weg. So war es auch mit diesem etwas älteren Paar. Man sah sich, man grüßte sich – und das wars. Wie alte Bekannte, denen man aber nichts zu sagen hatte.

Im Barraum ließ ich meinen Blick schweifen, um zu sehen, ob ich unsere Dampfkabinen-Begegnung entdecken würde. Der Mann war aber nicht hier. Schade, ich hätte doch gern noch ein paar Worte mit ihm gewechselt. Zudem hätte es mich auch interessiert, welche Frau zu ihm gehörte. Möglicherweise würde sich mit diesem Paar ja auch noch etwas zu viert ergeben. Vor dem Gang ins Dampfbad hatte ich das Gefühl gehabt, dass das Swinger-Erlebnis für diesen Abend vorbei war. Seit dem Dampfbad hatte ich dieses Gefühl nicht mehr. Vielleicht würde in dieser Nacht ja doch noch mehr passieren. So etwas war im Swingerclub immer denkbar – natürliche Grenzen bildeten da lediglich die Öffnungszeiten des Clubs oder die Standfestigkeit eines Mannes. Bei meinem Mann hatte ich da allerdings selten Schwächephasen erlebt. Im Swingerclub konnte er fast immer – und das ziemlich häufig. Die ganze Atmosphäre, die hier herrschte, wirkte normalerweise ungemein erotisierend auf ihn. Aber das war bei mir ja auch nicht anders.

An der Bar entdeckten wir Saskia und Felix, die im Gespräch mit einem anderen Paar waren. Ich war mir nicht ganz sicher, aber vermutlich war es jenes Paar, mit dem wir sie irgendwann beim Poppen gesehen hatten. Wir gingen an ihnen vorbei, ohne dass wir Notiz voneinander nahmen. Möglicherweise bemerkten sie uns aber tatsächlich nicht. Ihr Gespräch mit den anderen beiden Menschen an der Bar schien sehr intensiv und ziemlich fröhlich zu sein. Jedenfalls wurde viel und laut gelacht. Zumindest hatten wir (beziehungsweise ich) ihnen nicht den Abend verdorben.

Ich hatte das dringende Bedürfnis, auf die Toilette zu verschwinden. Steffen wollte inzwischen Getränke besorgen und uns einen Platz in einer der Sitzecken suchen. Ich weiß nicht, ob es Zufall war, oder ob Saskia mich vielleicht doch gesehen hatte und mir ganz bewusst gefolgt war. Auf jeden Fall stand sie plötzlich neben mir, als ich mir nach dem Toilettengang die Hände wusch.

„Hallo", sagte sie. „Alles gut bei euch?"

„Sicher", entgegnete ich. „Und ihr? Wie läuft eure Swinger-Nacht?"

„Gemischt", erwiderte sie.

„Ich hatte eigentlich den Eindruck, dass ihr einen spannenden Abend habt. Wir haben euch nach unserer gemeinsamen Nummer noch mit einem anderen Paar gesehen. Und an der Bar eben hattet ihr offenbar auch viel Spaß."

„Ja, das stimmt. Vielleicht ein bisschen zu viel Spaß."

„Zu viel Spaß? Was ist zu viel?"

„Ich will es mal so ausdrücken: Felix und der andere Mann haben eine gemeinsame Vorliebe für bestimmte Getränke entdeckt."

„Soll heißen, die dröhnen sich jetzt zu?"

„Soll heißen, die haben sich schon so halb zugedröhnt – jedenfalls mehr als gut ist. Wenn auch vielleicht nicht ernsthaft betrunken. Aber sie arbeiten daran."

„Oh je."

„Oh ja."

„Das habe ich bei Steffen glücklicherweise noch nicht erlebt. Jedenfalls nicht beim Swingen. Er trinkt zwar gern mal ein Glas Wein, aber begrenzt. Zumindest im Swingerclub ist ihm etwas anderes immer wichtiger als alkoholische Umdrehungen."

„Das wäre mir bei Felix auch lieber. Aber mit dem ist heute vermutlich nichts mehr anzufangen. Naja, ist ja auch schon spät."

„Es ist nie zu spät, bevor der Club die Türen ab-schließt", entgegnete ich schmunzelnd.

„Du warst vorhin enttäuscht, dass Felix so schnell gekommen war, oder?"

„Das würde ich so nicht sagen."

„Ich kann es ja verstehen. Ich finde das auch nicht so toll. Aber was soll er machen? Es ist bei ihm ein-fach so."

„Du, das fand ich gar nicht weiter schlimm. Mich hat nur enttäuscht, dass er sich anschließend sofort von mir abgewandt hat und sich nur noch mit einer der anderen Frauen da auf der Spielwiese beschäftigt hat. Da habe ich mich links liegengelassen gefühlt. Das war irgendwie seltsam. Hat mir jedenfalls nicht gutgetan."

„Das habe ich so gar nicht mitbekommen."

„Du warst im dem Moment ja auch sehr mit Stef-fen beschäftigt – was ich gut verstehen kann."

„Das war ich. Dein Mann ist ein toller Lover. Nicht nur, weil er einen ziemlich scharfen Schwanz hat."

„Scharf?"

„Na du weißt schon, was ich mir scharf meine. Außerdem hat er eine beeindruckende Ausdauer."

Gegenüber deinem Mann hat wohl fast jeder eine gute Ausdauer, schoss es mir durch den Kopf. Aber natürlich sprach ich das nicht aus. Saskia hatte mir ja nichts getan – und eine solche Bemerkung wäre schon ziemlich unfreundlich gewesen. Eigentlich, so beschloss ich in diesem Moment, mochte ich sie. Das unterschied sie von ihrem Mann. Es war wirklich schade, dass die Begegnung mit den beiden so seltsam verlaufen war.

„Würdest du ihn mir nochmal ausleihen?", fragte Saskia plötzlich und sah mir in die Augen.

„Ausleihen?"

„Na du weißt schon."

Was ich doch ihrer Meinung nach so alles wissen sollte. Aber natürlich war mir klar, was sie meinte. Glaubte ich jedenfalls.

„Sex zu dritt und deinen Mann lassen wir friedlich weitersaufen?", fragte ich zurück.

„Ich dachte eher an eine Solonummer mit Steffen. Nur er und ich. Wäre das okay für dich?"

Mir kam das Joyclub-Profil der beiden in den Sinn. Beide hetero, stand da in der Beschreibung. Klar, dass sie es lieber mit Steffen allein machen würde als mit mir zusammen. Schade – ich hätte auch große Lust gehabt auf sinnliche Berührungen mit dieser schönen Frau. Allein schon wie ihre langen dunkelblonden Haare beinahe bis in ihr Dekolletee fielen – das sah sehr erotisch aus. Dazu noch diese faszinierende Oberweite. Aber an der würde ich wohl nicht knabbern dürfen. Meine Bi-Neigung würde ich an diesem Abend sehr wahrscheinlich nicht mehr ausleben können. Jedenfalls nicht mit

Saskia. Aber das musste ja auch nicht immer sein. Ich mochte zwar das zärtliche Spiel mit einer anderen Frau, aber Männer hatten bei mir im Zweifelsfall dann doch den Vorrang.

Ich bemerkte, wie ich nickte. Langsam, aber deutlich. Und ich bemerkte, wie Saskias Lächeln bei diesem Nicken stärker wurde. Oh ja, diese Frau hatte Lust auf meinen Mann – was ich ja irgendwie auch als Kompliment für mich begreifen konnte, wenn ich denn wollte. Und ich beschloss, dass ich das so sehen wollte. Selbst wenn es nur Steffens scharfer Schwanz sein sollte, wie diese Frau das ausgedrückt hatte. Aber ich konnte mir gut vorstellen, dass das nicht alles war. Felix war zwar noch sportlicher als Steffen, aber mein Liebster hatte doch insgesamt eine ganz andere Ausstrahlung. Und unsportlich war er ja nun auch nicht gerade.

Saskia nahm mich in den Arm und gab mir einen Kuss auf die Wange. Wirklich schade, dass sie keine Bi-Neigung hatte …

Steffen wartete in einer Sitzecke auf mich – und wirkte sichtlich überrascht, als ich gemeinsam mit Saskia auftauchte.

„Solltest du Felix nicht Bescheid sagen?", fragte ich sie, als wir auf meinen Liebsten zusteuerten.

„Ich habe ihm schon gesagt, dass ich mal ein bisschen allein herumstreife, wenn er keine Lust mehr dazu hat. Das hat er einfach nur mit einem Kopfnicken quittiert."

„Versteh einer die Männer", murmelte ich.

Das konnte ich wirklich nicht verstehen. Da war dieser attraktive Mann mit einer schönen Frau an seiner Seite in einem Swingerclub – und betrank sich, statt mit ihr auf Pirsch zu gehen. Vielleicht war seine Prahlerei, ziemlich häufig und schnell hintereinander zu können ja doch etwas übertrieben gewesen – und sein Sexbedürfnis für diese Nacht bereits hinreichend gestillt. Das seiner Frau aber ganz offensichtlich nicht. Meins eigentlich auch nicht.

Wir setzten uns zu Steffen und rahmten ihn ein.

„Ich habe jemanden mitgebracht", sagte ich.

„Was für eine nette Überraschung", entgegnete er und lächelte uns abwechselnd an.

Es war beinahe selbstverständlich, dass er uns beiden eine Hand aufs Bein legte.

„Wo hast du denn deinen Mann gelassen?", fragte er Saskia.

„An der Bar. Und da will er offenbar auch so schnell nicht wieder weg."

„Finde ich schön, dass du dich von ihm losreißen konntest."

Saskia quittierte den Satz mit einem ausgesprochen herzlichen Lächeln und gab Steffen einen Kuss.

Kein Küsschen, sondern einen richtigen Kuss. Als ich währenddessen eine Hand auf seine Shorts legte, stellte ich fest, dass sich da bereits wieder etwas regte. Sehr deutlich sogar. Aber ich zog meine Hand wieder zurück. Den scharfen Schwanz meines Mannes, wie Saskia das ausgedrückt hatte, hatte ich ja soeben verliehen.

Als die beiden ihre Knutscherei schließlich beendeten, flüsterte sie ihm irgendetwas ins Ohr, was ich nicht verstehen konnte. Aber mir war auch so klar, um was es ging. Steffen wandte sich zu mir und fragte:

„Wäre es okay für dich, wenn ich mit Saskia mal allein verschwinde?"

„Macht mal", entgegnete ich.

Daraufhin küsste er mich – mit mindestens ebensolcher Hingabe wie zuvor Saskia. Das fand ich schön – und auch absolut angemessen. Die beiden erhoben sich. Bevor sie gingen, beugte sich Saskia noch einmal kurz zu mir und gab mir einen Kuss auf die Wange.

„Schenk ihm einen Busenfick", flüsterte ich ihr ins Ohr. „Das liebt er."

„Ich weiß", entgegnete sie. „Das ist mir vorhin schon aufgefallen."

Im nächsten Moment waren die beiden verschwunden. Das letzte, was ich von ihnen vorerst sah, war Steffens Hand auf Saskias Po, der nur von einem winzigen Slip bedeckt war. Viel Spaß, murmelte ich vor mich hin und blieb allein zurück. Den werden die beiden haben, bestätigte meine Erotikfee. Nein, da gab es nicht den geringsten Zweifel. Ob Felix wohl ahnte, was sein Frau jetzt trieb? Ich hatte da so meine Zweifel.

Im ersten Augenblick fühlte ich mich allein. Als Steffen und ich elf Jahre zuvor unsere ersten zaghaften Schritte in die Welt der Swinger gesetzt hatten, war eins für uns absolut klar gewesen: Selbst wenn wir ernsthaften Partnertausch machen sollten (was ich vor unserem ersten Clubbesuch keineswegs für ausgemacht hielt), dann auf jeden Fall immer nur gemeinsam oder zumindest in Sichtweite. Getrennte Räume oder gar Alleingänge würden für uns nicht infrage kommen – so unser gemeinsamer Vorsatz damals.

Ungefähr ein Jahr später erlebten wir, wie prickelnd es sein konnte, einmal gesetzte Grenzen gemeinsam zu verschieben. Jedenfalls ergab sich beim Besuch eines Paares in unserer Wohnung genau das: Partnertausch in getrennten Räumen. Es passierte einfach – und wir fanden es geil. Seither waren wir etwas lockerer in dieser Frage – wie auch in manchen anderen. Man entwickelt sich eben beim Swingen immer weiter. Wir jedenfalls. Allerdings ist es auch heute noch immer so, dass wir den gemeinsamen Sex mit anderen vorziehen – allein schon deshalb, weil wir beide es lieben, uns beim Fremdsex zuzusehen. Der Anblick meines Mannes zwischen den Beinen einer anderen Frau hatte für mich schon immer einen besonderen Reiz, der ein sehr spezielles Herzklopfen verursachte – ein Gefühl, das ich liebte. Das allerdings würde ich jetzt nicht haben.

Aber warum eigentlich nicht? Ich hatte ja nur zugesagt, die beiden allein vögeln zu lassen. Das musste mich ja nicht davon abhalten, ihnen zuzusehen. Sollten sie sich einen Raum gesucht haben, in den man gut (und am besten diskret) von außen hineinschauen konnte, dann würde das ihr Solo-Empfinden ja nicht weiter stören. Sie konnten ja auch andere Zuschauer haben – warum also nicht auch mich. Ein wenig blieb ich noch unschlüssig sitzen, dann stand ich auf und begab mich auf einen Streifzug durch den Club.

Trotz fortgeschrittener Stunde war auf den Spielwiesen doch noch einiges los. In einem Raum entdeckte ich zwei Paare in einem fröhlichen Durcheinander. Ich sah ihnen einen Augenblick zu. Einer der Männer bemerkte mich und machte eine einladende Handbewegung. Ich reagierte mit einem freundlichen Lächeln und ging weiter.

Ich kam zur Höhle, wo ich Steffen und Saskia vermutet hätte. Aber der kleine Raum war leer. Im Dschungel entdeckte ich zwei Männer, die es gemeinsam mit einer Frau taten. Sie kniete zwischen ihnen, einer nahm sie von hinten, der andere hatte seinen Schwanz in ihrem Mund. Der Mann hinter der Frau fickte sie in heftigem Tempo – und mit einer ähnlichen Heftigkeit blies sie den anderen. Alle drei wirkten wie in Ekstase. Es hätte mich nicht gewundert, wenn sich hier im nächsten Augenblick gleich drei Höhepunkte entladen hätten. Das Treiben der drei war jedenfalls ziemlich wild.

Womit es ganz gut zum Namen dieses Raumes passte. Die Liegewiese im Dschungel war mit kräftigen Bambusstäben eingefasst, die Matte mit einem Stoff bezogen, der an erlegtes Großwild erinnerte und über den Köpfen der drei schwebte eine Mischung aus Grünpflanzen, Zweigen und Ästen, die mir wie Lianen erschienen. Der Raum war liebevoll gestaltet, da hatte sich jemand viele Gedanken gemacht und auf die Details geachtet. Die Bezeichnung „Dschungel" passte nach meinem Empfinden ausgezeichnet. Auch die Bambushütte darin fügte sich sehr stimmig ein.

Genau hier entdeckte ich Steffen und Saskia schließlich. Der Vorhang zu der kleinen Hütte war zwar zugezogen, aber nicht komplett. Ich konnte mühelos durch den etwas größeren Spalt hindurchsehen. Hatten die beiden es eilig gehabt oder wollten sie bewusst Zuschauer ermöglichen? Wie dem auch sei. Ich hatte vom Eingang zu dieser Hütte einen guten Blick auf ihr Treiben. Beide waren sie nackt und verwöhnten sich gegenseitig mit oralen Liebkosungen. Er lag auf dem Rücken, sie in der 69 auf ihm. Ich konnte gut erkennen, wie sie seinen Schwanz tief in ihrem Mund hatte. Erstaunlich tief, wie ich fand. Ich wusste ja genau, wie groß das beste Stück meines Mannes werden konnte, wenn es richtig steif war. Und dass das in diesem Augenblick der Fall sein würde, stand für mich außer Frage.

Noch mehr hätte es mich gereizt, sie beim Ficken zu beobachten. Aber diesen Gefallen taten sie mir nicht – noch nicht, wie ich sehr stark vermutete. Dennoch fesselte mich der Anblick der beiden attraktiven Menschen. Er fesselte mich so sehr, dass ich zunächst gar nicht bemerkte, wie ich Gesellschaft bekam. Erst als sich eine Hand auf meinen Po legte, zuckte ich zusammen und sah irritiert zur Seite. Neben mir stand mein Dampfkabinen-Lover – und auf meiner anderen Seite eine Frau, die ich bisher noch nicht wahrgenommen hatte. Offenbar seine Partnerin. Auch sie fummelte mich jetzt ungeniert an. Ich erkannte in ihrem Blick ein Fragezeichen und schenkte ihr ein Augenzwinkern. Daraufhin schoben sich zwei fremde Hände unter meinen Rock – eine weibliche und eine männliche.

„Genießt du die Show?", flüsterte der Mann, während sein Blick zwischen mir und dem Innern der Bambushütte pendelte.

„Ja", entgegnete ich mit ebenfalls stark gedämpfter Stimme. „Ich genieße es immer, wenn mein Mann es mit einer anderen treibt."

„Da haben wir wohl etwas gemeinsam", flüsterte die Frau.

Der Mann grinste, und seine Hand wanderte vom Po zwischen meine Beine, die ich beinahe automatisch für ihn öffnete. Der Weg seiner Finger zu meiner Muschi wurde von keinem Slip aufgehalten, was ihm offensichtlich gefiel. Und mir gefiel es, dass er mich nun ebenso gefühlvoll streichelte, wie er mich vorhin im Dampfkabinen-Nebel mit seiner Zunge verwöhnt hatte.

Seine Frau tastete sich ins Dekolletee meines Kleides. Sie streichelte meine Nippel, beugte sich dann zu mir und legte eine Brust frei. Zärtlich saugte sie sich daran fest. Die beiden verwöhnten mich hier im Stehen mit einer derartigen Hingabe, dass ich beinahe Mühe hatte, immer mal wieder einen Blick in die Hütte zu werfen. Aber ganz abwenden wollte ich mich vom Treiben meines Mannes auch nicht.

Steffen hatte nun ein Kondom in der Hand. Unter Saskias aufmerksamen Blicken riss er die Verpackung auf und rollte es sich über den Schwanz. Wie er sie wohl nehmen würde?

Von hinten, wie ich im nächsten Augenblick feststellte. Saskia kniete sich vor ihn, und ich konnte sehen, wie sein Schwanz in ihr verschwand. Er nahm sie anfangs mit langsamen Stößen, die ihre großen Brüste gleichwohl in eine heftige Schaukelbewegung brachten.

Das war ungefähr der Moment, in dem auch mein Dampfkabinen-Lover ein Kondom zückte und mich fragend ansah. Da ich in seinem Blick nicht nur eine Frage, sondern auch ein lüsternes Funkeln erkannte, konnte ich gar nicht anders als zu nicken. Was ich allerdings auch ohne diesen Blick getan hätte. Ich hatte unglaublich Lust, jetzt genau das zu tun, was auch Steffen tat: Fremdfick von hinten. Der Unterschied war nur, dass mein Mann es im Doggy-Style auf der Matte tat, während sich das bei mir im Stehen anbahnte. Und natürlich auch, dass hier vor der Hütte auch noch eine Frau im Spiel war, deren sanfte Hände ich sehr genoss.

Der Mann deutete auf die kleine Spielwiese hinter uns, die inzwischen wieder leer war. Aber ich schüttelte den Kopf. Ich wollte hierbleiben, hier am Eingang zur Bambushütte, um meinem Mann weiterhin zusehen zu können. Mein Duschkabinen-Lover nahm das mit einem Achselzucken hin. Er befreite sich von seinen Shorts und streifte das Gummi über. Im nächsten Augenblick stand er hinter mir und schob meinen Rock nach oben. Sein Schwanz drückte sich gegen meinen Po, ich öffnete die Beine etwas weiter und umgehend spürte ich ihn an meiner Muschi. Er stieß fest zu und nahm mich von Anfang an in einem hohen Tempo, während ich mich an seiner Frau festhielt, die meine Brüste massierte.

Es war jetzt nicht ganz einfach für mich, ein Auge auf Steffen zu werfen. Aber hin und wieder gelang es mir. Er fickte Saskia noch immer doggy, hatte sein Tempo aber deutlich erhöht. Ihre Brüste schaukelten nun heftig hin und her. Bekam Steffen eigentlich mit, was am Eingang zu seinem Separee passierte? Falls ja, dann ließ er es sich nicht anmerken. Aber offensichtlich war er auch sehr auf die Frau vor ihm konzentriert und bemerkte nichts weiter von mir. Zudem war der Vorhang ja auch weitgehend geschlossen. Während wir von außen ganz gut ins Innere des Raumes sehen konnten, war von drinnen wohl nur ein kleiner Ausschnitt von uns sichtbar.

Der Mann hinter mir hielt sein hohes Tempo erfreulicherweise gut durch. Es war ja nicht mein erster Fremdfick an diesem Abend, aber doch der erste, der länger als gefühlte fünf Sekunden dauerte. Erheblich länger.

Seine Frau ließ nun eine Hand zwischen meine Oberschenkel wandern. Mit Sicherheit ertastete sie dort den Schwanz ihres Mannes. Aber gesucht hatte sie wohl etwas anderes – und fand es auch umgehend: meinen Kitzler. Während ich die Stöße in mir spürte, streichelte sie mich sehr gefühlvoll. Das war eine prickelnde Mischung. Und beides zusammen ließ in mir ein Zittern entstehen, das sich schließlich in einem wundervollen Orgasmus entlud.

Ich klammerte mich jetzt fest an die Frau, während ihr Mann mich weiterfickte. Offenbar war auch er bald so weit. Jetzt durfte er gern in mir kommen. Und das tat er auch. Ich spürte das Zucken in seinem

Schwanz, sein Griff an meinen Hüften wurde fester und im nächsten Moment wurden seine Stöße ruckartig, bevor sie abebbten und schließlich ganz aufhörten. Einen Moment drückte er sich noch an mich, dann zog er sich aus mir zurück.

„Das hätte ich am liebsten schon im Dampfbad gemacht", flüsterte er.

„Aber auch so war es da wundervoll", entgegnete ich und gab sowohl ihm als auch seiner Frau einen Kuss.

„Kommst du mit an die Bar?", fragte die Frau.

„Nein, ich bleibe noch einen Moment hier. Ich muss doch sehen, was mein Mann noch treibt", fügte ich schmunzelnd hinzu. „Vielleicht komme ich oder wir gleich nach."

Daraufhin gingen die beiden, und ich blieb allein zurück. Nach dem zweiten Sex mit diesem Mann wäre es eigentlich nicht verfrüht gewesen, sich mal die Namen zu sagen, schoss es mir durch den Kopf. Das hatten wir jedoch auch dieses Mal nicht getan. Es gibt Wichtigeres, grinste meine Erotikfee. Auch wieder wahr, dachte ich und wandte mich erneut dem Geschehen in der Bambushütte zu.

Saskia und Steffen hatten inzwischen die Stellung gewechselt. Er lag nun zwischen ihren Beinen und nahm sie in der Missio. Selbst in dieser Stellung schaukelten ihre großen Brüste deutlich hin und her. Mein Hinweis für Saskia hinsichtlich Steffens besonderer Vorliebe schien wohl zu verpuffen. Jedenfalls hatte ich den Eindruck, dass mein Liebster bald so weit sein würde. War auch Saskia schon gekommen? Falls ja, dann war mir das entgangen. Aber ich war ja zeitweise auch etwas abgelenkt gewesen. Und zu sonderlich lauten Geräuschen beim Höhepunkt neigte sie wohl nicht.

Saskia sagte jetzt irgendetwas zu Steffen, was ich aber nicht verstehen konnte. Er nickte, zog sich aus ihr zurück und hockte sich über ihren Oberkörper. Sie zog ihm das Gummi ab und legte seinen Schwanz zwischen ihre Brüste, die sie fest zusammendrückte. Also doch, grinste meine Erotikfee. Leider konnte ich nicht so ganz genau sehen, was passierte. Aber natürlich wusste ich es auch so. Die Stellung der beiden ließ gar keinen Zweifel zu. Und als Steffen sich verkrampfte, wusste ich, dass er zwischen ihren Brüsten gekommen war.

Das hätte ich gern gesehen. Für eine Sekunde war ich in Versuchung, einfach zu den beiden hineinzugehen. Aber ich verbot es mir. Saskia hatte mich um die Erlaubnis für eine Solonummer mit meinem Mann gebeten, und ich hatte sie ihr gegeben. Diskretes Zuschauen ging wohl in Ordnung, Stören sicherlich nicht.

Immerhin lösten sich die beiden nun voneinander. Steffen gab damit den Blick auf Saskia frei, und als sie sich halb aufrichtete, konnte ich ihren spermaverschmierten Busen gut erkennen. Allerdings nur kurz, denn sie wischte es sich im nächsten Augenblick wieder weg, bevor sie ihm einen langen und offensichtlich sehr intensiven Kuss gab. Wäre ich bei den beiden gewesen, dann hätte ich es liebend gern übernommen, mit meiner Zunge ihren Busen vom Sperma meines Mannes zu befreien. Es wäre nicht das erste Mal gewesen, dass ich so etwas getan hätte.

Das war ungefähr der Moment, in dem ich in der Nähe eine sehr klare und deutliche Frauenstimme vernahm:

„Können Sie bitte mal etwas Abstand halten!", waren die Worte, die ich hörte.

Ich wandte mich um und erkannte, dass das Bambusbett wieder belegt war – von den beiden älteren Sauniereren, die wir am Anfang des Abends beobachtet hatten. Allerdings waren sie nicht allein. Ein weiterer Mann hatte sich zu ihnen gesellt – oder es zumindest versucht.

Ich kannte diese Situation nur zu gut – allerdings eher von Club-Abenden, bei denen Solomänner zugelassen waren, was hier ja heute nicht der Fall war. Aber manche Männer zogen trotzdem ohne ihre Frau durch den Club. Mein Dampfkabinen-Lover vorhin ja auch. Ebenso war ich in diesem Augenblick solo unterwegs. Völlig ungewöhnlich war so etwas auch an Paare-Abenden nicht.

Leider missachteten manche Männer aber zuweilen die Grenzen anderer. Bei einzelnen Männern nahm ich so etwas weit häufiger wahr als bei Paaren oder Frauen. Ob Männer unsensibler für die Grenzen anderer waren oder sie ganz bewusst ignorierten, sei dahingestellt. Ein Nein oder eine weggeschobene Hand störte manche Männer jedenfalls nicht im Geringsten – obgleich so ziemlich allen Swingern diese deutliche Symbolik bewusst sein sollte. So schien es auch hier zu sein. Offenbar hatte der Mann versucht, sich ungebeten ins Geschehen zu mischen – was bei den beiden Saunierern ganz offensichtlich nicht auf Gegenliebe gestoßen war.

Ich war dennoch überrascht über die Reaktion der Frau auf dem Bambusbett. Nicht über den robusten Tonfall, den sie anschlug (das musste manchmal leider sein), aber über ihre Wortwahl. Es war höchst ungewöhnlich, dass in einem Swingerclub irgendjemand irgendjemanden mit dem förmlichen Sie ansprach. In der Welt der Swinger gab es normalerweise nur das Du. Die grauhaarige Frau jedoch, so hatte ich den Eindruck, hatte sehr bewusst das Sie gewählt. Diese Ansprache schaffte bereits aus sich heraus eine gewisse Distanz. Besser konnte man einem Menschen gar nicht klarmachen, dass man keinen Sex mit ihm wollte.

Die Ansprache verfehlte ihre Wirkung nicht. Der Mann erhob sich soeben vom Bett und verschwand umgehend. Eine Ohrfeige hätte vermutlich keine bessere Wirkung haben können als dieses förmliche Sie – hätte aber eine unschöne Energie verursacht. Diese Art der Ansprache hingegen wirkte souverän. Was man doch mit einem einzigen kleinen Wörtchen erreichen konnte. Jedenfalls war das Paar auf dem Bambusbett nun wieder ohne unerwünschte Gesellschaft.

Ich wandte mich erneut dem Innern der Bambushütte zu. Steffen und Saskia waren zur Ruhe gekommen, ließen sich aber Zeit mit einem zärtlichen Nachspiel. Sie lag eingekuschelt in seinem Arm und hatte sich eng an ihn geschmiegt. Beinahe so wie mein Liebster und ich es oftmals machten nach dem Sex. Der Gedanke tat mir für einen Augenblick nicht sonderlich gut. Kein Grund zur Eifersucht, sagte die Realistin in mir. Du hast dich auch schon bei so manchem Partnertausch-Lover ganz ähnlich eingekuschelt. Da hatte sie zweifellos recht. Es gab keinen Grund, meinem Liebsten diese Art von Nachspiel nicht auch mit Saskia zu gönnen.

Ich beschloss, die beiden allein zu lassen – bevor noch mehr schräge Gedanken in mir aufkamen. Mein Blick fiel noch einmal auf das Paar auf dem Bambusbett. Er nahm sie in diesem Moment in der Missio. Obwohl sie offenbar sehr aufeinander konzentriert waren, sahen sie mich beide kurz an. Der Mann zwinkerte mir ganz genau so zu, wie er es am Anfang des Abends schon aus der Sauna heraus getan hatte. War das jetzt eine Einladung? Oder einfach nur ein freundliches Hallo für einen Menschen, der einem schon wieder über den Weg lief? Ich konnte es nicht so recht deuten.

Vielleicht war dies hier ja tatsächlich ein Paar, das gar keinen Hautkontakt mit anderen Menschen wünschte. In dem Fall hätte ich mich mit meiner anfänglichen Einschätzung wohl geirrt – was natürlich sein konnte. Ich hatte die beiden an diesem Abend mehrfach beim Sex gesehen, aber niemals gemeinsam mit anderen. Und ein paar Minuten zuvor hatten sie einen interessierten Mitspieler ausdrücklich außen vor gelassen.

Nein, wenn das eine Einladung sein sollte, dann hätte einer von beiden eine entsprechende Handbewegung in meine Richtung machen müssen, beschloss ich. Und selbst dann wäre ich der Einladung vermutlich nicht gefolgt. Ich hatte soeben heißen Fremdsex hinter mir. Und frisch gefickt sofort in die nächste Nummer einsteigen – das musste ja auch nicht sein. Wenngleich ich so etwas durchaus schon erlebt hatte – vor allem bei privaten Gruppensex-Partys. So reagierte ich auf das freundliche Zwinkern nur mit einen freundlichen Lächeln und verließ den Dschungel.

Attraktiv waren die beiden ja, schoss es mir durch den Kopf. Dass uns ein Jahrzehnt oder vielleicht auch etwas mehr trennte, war unerheblich. Aber jetzt wollte ich doch lieber an die Bar. Mal schauen, ob ich nun endlich den Namen meines Dampfkabinen-Lovers erfahren würde.

Nein, würde ich nicht. Der Mann, der mich da neben dem Eingang der Bambushütte ebenso spontan wie heftig gefickt hatte, würde namenlos bleiben, stellte ich fest – zumindest vorerst. Weder von ihm noch von seiner Frau konnte ich an der Bar etwas entdecken, als ich dort nach einem kurzen Abduschen nachsah. Die beiden hatten zwar angekündigt, an die Bar gehen zu wollen, aber offensichtlich hatten sie ihren Plan wieder geändert. Dafür war aber Felix noch da. Er hatte sich offenbar sehr mit dem anderen Paar festgequatscht – oder was auch immer ihn an der Bar hielt, während seine Frau fröhlich und ungeniert mit meinem Mann fickte. Ich setzte mich ein Stück von ihm entfernt auf einen freien Barhocker, bestellte mir eine große Cola und versuchte, Saskias Mann nach Möglichkeit zu ignorieren. Leider beruhte das Desinteresse nicht auf Gegenseitigkeit.

Felix stand auf und kam auf mich zu. Auf den ersten Blick wirkte er gar nicht so betrunken, wie Saskia das vorhin dargestellt hatte. Oder konnte er das nur gut kaschieren? Ich versuchte es mit einem halbwegs freundlichen, aber möglichst nichtssagenden Lächeln.

„Weißt du, wo Saskia steckt?", fragte er und legte mir eine Hand auf den Oberschenkel.

Ja, schmunzelte die Erotikfee in mir. Und auch, wer in ihr steckt. Oder zumindest soeben noch gesteckt hat. Offensichtlich hatte Felix keine Ahnung, dass seine Frau mit Steffen unterwegs war. Musste ich ihm das jetzt auf die Nase binden? Ganz sicher nicht. Wenn er die beiden jetzt allerdings innig eingekuschelt in der Bambushütte entdecken sollte, konnte das womöglich Stress geben. Zumindest sein Atem ließ erkennen, dass er doch einiges getrunken hatte. Wer wusste schon, wie er auf eine nicht abgesprochene Solonummer seiner Frau reagieren würde. So etwas konnte nicht jeder Mann ohne weiteres wegstecken.

„Lass mich überlegen", entgegnete ich und schob seine Hand von meinem Bein. „Ich hatte sie vorhin auf der Toilette getroffen. Und dann kurz danach ist sie die Treppe nach oben gegangen. Vielleicht im Darkroom?"

Das war natürlich eine glatte Lüge. Aber falls er jetzt in der oberen Etage nachschauen sollte, war zumindest ein wenig Zeit gewonnen. Ob Saskia und Steffen in der Zwischenzeit ihr Liebeslager verlassen würden, wusste ich natürlich nicht. Aber immerhin bestand die Möglichkeit.

In diesem Moment allerdings erschien bereits Steffen – und zwar ohne Saskia. Er setzte sich zu mir und sah grinsend zu, wie ich Felix´ Hand zum wiederholten Mal von meinem Oberschenkel schob.

„Hast du Saskia gesehen?", fragte er ihn.

80

„Ja", entgegnete Steffen. „Unter der Dusche. Jedenfalls war sie da grad eben noch."

„Dusche, hm", murmelte er und wandte sich zum Gehen.

„Du hast auch frisch geduscht", sagte ich zu meinem Liebsten, nachdem ich an ihm geschnuppert hatte.

„Ja klar, das gehört sich schließlich so nach Fremdsex."

„Und da hast du Saskia allein gelassen?"

„Ja, sie meinte, es wäre vielleicht besser, wenn wir nicht gemeinsam an der Bar auflaufen. Manchmal neigt Felix wohl zu schrägen Gedanken. Vor allem, wenn er betrunken ist."

„Ich weiß nicht, ob er wirklich betrunken ist. Aber angetrunken ist er sicherlich."

Auch Steffen bestellte sich eine Cola, und wir sahen uns wieder die anderen Menschen an der Bar an. Es war weit nach Mitternacht, der Club begann allmählich, sich zu leeren. Vielleicht waren mein namenloser Dampfkabinen-Lover und seine Frau ja auch schon gegangen.

Dennoch fielen mir trotz fortgeschrittener Uhrzeit noch mehrere Menschen in den Blick, die ich an diesem Abend noch nicht bemerkt hatte. Steffen und ich betrachteten diese Männer und Frauen dezent und stellten ein paar Mutmaßungen an – etwa zu der Frage, ob dieses oder jenes Paar wohl einen prickelnden Swinger-Abend verbracht hatte oder nicht. Bei der Zahl der mutmaßlichen Fremdficks, die wir ihnen zumaßen, waren wir höchstwahrscheinlich zu großzügig. Manchmal ging wohl unsere Fantasie etwas mit uns durch. Aber daran hatten wir wieder einmal ausgesprochen viel Spaß.

Als Saskia und Felix nach einiger Zeit ebenfalls in den Barraum zurückkehrten, wirkten beide recht entspannt. Er nahm wieder seinen alten Barhocker ein, sie kam kurz zu uns, nachdem ich ihr zugezwinkert hatte.

„Alles gut?", fragte ich.

„Jetzt ja", entgegnete sie.

„Jetzt?"

„Felix war gerade schlechter Laune. Er hatte vorhin zwar zugestimmt, dass ich allein durch den Club wandere, aber er fand es nicht so toll, dass ich das für Fremdsex genutzt habe. Da hat er ein bisschen Stress gemacht."

„So etwas in der Art hatte ich befürchtet. Schade."

„Macht nichts, das wars wert", entgegnete sie und schenkte uns beiden ein verschwörerisches Lächeln. „Außerdem hatten wir grad noch einen kurzen Versöhnungsquickie, und jetzt ist alles wieder gut. Naja, mit Felix ist es ja eigentlich immer ein Quickie – aber trotzdem geil."

„Tut mir leid, dass ihr Stress hattet", sagte ich.

„Offen gestanden passiert uns das eigentlich immer, wenn wir in einen Swingerclub gehen. Du kannst darauf wetten, dass wir aus irgendeinem Grund in Streit geraten."

„Und trotzdem geht ihr swingen?"

„Wir haben ja nicht nur Streit. Wir haben dann auch immer Versöhnungssex. Und nichts ist schöner als das."

Auch ein Grund, in einen Swingerclub zu gehen. Eine interessante Sichtweise.

„Hoffentlich gibt es morgen keinen Psycho-Kater", sagte ich.

„Nein, morgen hat er das alles vergessen. Das ist auch immer so."

„Ich hoffe, du hast Steffens Schwanz als ebenso scharf erlebt wie in der ersten Runde?", raunte ich ihr lächelnd zu.

„Schärfer", entgegnete sie mit einem sehr ähnlichen Lächeln.

Steffen sah uns beide fragend an, aber wir sahen beide keine Veranlassung, ihm von unserem Toilettengespräch eine Weile zuvor zu berichten.

Begegnung am Ende der Nacht

Schließlich verabschiedete Saskia sich und ging wieder zu ihrem Mann und dem anderen Paar. Ich war froh, dass unsere Clubbesuche von deutlich mehr Harmonie geprägt waren – und von deutlich weniger Alkohol.

„Und wir zwei?", fragte Steffen. „Auch noch ein Abschlussquickie?"

„Kannst du etwa schon wieder? Und willst du etwa schon wieder?"

„Ja. Und ja."

„Ich weiß gar nicht. Mir steht eher der Sinn nach Entspannung. Wollen wir noch einen Saunagang machen und dann ins Hotel fahren?"

„Können wir auch machen. Ich dachte nur, du hättest vielleicht noch Lust auf einen ernsthaften Fick, nachdem du heute Nacht nicht so viel Glück mit anderen Männern hattest."

Offenbar hatte Steffen mich am Eingang zur Bambushütte tatsächlich nicht bemerkt. Und schon gar nicht, was ich da getrieben hatte. Aber hatte mein Mann jetzt etwa nur deshalb mit mir schlafen wollen, weil er meinte, ich sei zu kurz gekommen? Einerseits nett, andererseits ein merkwürdiger Gedanke. Ich zog es doch vor, dass ein Mann Sex mit mir wollte, weil er Lust auf mich hatte. Na egal. Noch ein Saunagang und dann würde diese Clubnacht für uns vorbei sein. Unser nächster Sex durfte dann gern im Hotelbett stattfinden.

Natürlich blieb es nicht bei einem Saunagang. Steffen begann in der Hitze der Heißluftkabine ziemlich schnell, an mir herumzufummeln. Er streichelte mich ausgiebig, vergrub dann seinen Kopf zwischen meinen Beinen und leckte mich zu einem erstaunlich schnellen Orgasmus – einen von der stillen Sorte, den ich gleichwohl im ganzen Körper spürte. Dass ich mich anschließend bei ihm revanchierte, war uns beiden klar. Er lehnte sich entspannt zurück und ich brachte seinen zunächst nur halbsteifen Schwanz mit Hand und Lippen zu voller Härte.

Während ich ihn blies, fiel mein Blick in den Vorraum der Sauna – auf die Stühle, auf denen wir uns zu Beginn des Abends niedergelassen hatten. Genau dort saßen jetzt die beiden Saunierer vom frühen Abend und sahen uns zu. Sie und wir hatten gewissenmaßen die Plätze getauscht. Ich konnte gar nicht anders, als ihnen zuzuzwinkern. Der Mann zwinkerte zurück, und ich konzentrierte mich wieder auf Steffen.

Es dauerte etwas länger als bei mir, aber schließlich kam auch er in meinem Mund. Und da ich es in der Saunakabine ja schlecht ausspucken konnte, schluckte ich es auch dieses Mal – womit ich bei Steffen aber ohnehin noch nie ein Problem hatte. Zuweilen machte ich das auch mal bei einem anderen

Mann, wenn die Vertrautheit oder meine Geilheit groß genug waren. Manche Männer konnte man damit verrückt machen, hatte ich festgestellt. Und das liebte ich.

Drei, schmunzelte meine Erotikfee. Erst jetzt fiel mir auf, dass ich das in dieser Nacht nun schon zum dritten Mal getan hatte. Steffen hatte nichts dagegen. Er liebte es, in meinem Mund zu kommen. Und wenn ich es auch noch schluckte, machte es ihn besonders an. Gierig küsste er mich anschließend.

Entspannt lehnte ich mich zurück und genoss noch für ein paar Minuten die wohlige Saunawärme. Als es mir schließlich zu heiß wurde, verließen wir die Kabine. Das Paar, mit dem ich kurz zuvor noch Blickkontakt gehabt hatte, war verschwunden.

Als wir nach dem Duschen an die Bar zurückkehrten, waren auch Saskia und Felix nicht mehr hier. Waren sie gegangen? Oder gab es auch bei ihnen noch eine Abschlussrunde? Eigentlich konnte ich mir kaum vorstellen, dass Felix mit seinem vermutlich nicht unerheblichen Promillegehalt dazu noch in der Lage war. Aber wer wusste das schon? Versöhnungssex hatten die beiden ja auch gehabt.

Wir setzten uns, ich hatte nach Sauna und Sex dringenden Flüssigkeitsbedarf.

Als kurz darauf unsere Zuschauer vom Sauna-Vorraum auftauchten, musste ich erneut schmunzeln. Wie oft waren die zwei uns in dieser Nacht eigentlich über den Weg gelaufen? Und trotz mehrfachen Zwinkerns und Anlächelns hatten wir nicht ein Wort mit ihnen gewechselt. Aber auch so etwas war im Swingerclub ja durchaus normal: Man ging aneinander vorüber, man lächelte sich zu – aber man sprach sich nicht unbedingt an.

Möglicherweise wollten sie das nun aber nachholen. Jedenfalls hielten sie auf uns zu und fragten sehr höflich, ob es denn wohl gestattet sei, sich zu uns zu setzen. Wiener Umgangsformen, schoss es mir durch den Kopf. Die Menschen hier redeten in einem anderen Ton miteinander – manche zumindest. Natürlich war es gestattet, dass sie sich zu uns setzten.

Als Inga und Oliver stellten sich die beiden vor – in einer Form und einem Ton, in dem man sich auch im Foyer des Burgtheaters hätte begrüßen können.

„Wo wir uns den ganzen Abend schon immer wieder so freundlich zugelächelt haben, wollten wir doch zumindest jetzt mal servus sagen", sagte er.

„Das finde ich schön", entgegnete ich.

„Vor allem dein Zwinkern eben aus der Sauna heraus war sehr charmant", merkte seine Frau an.

„Nicht weniger charmant als das gleiche Zwinkern deines Mannes zu Beginn des Abends an der gleichen Stelle", entgegnete ich schmunzelnd.

„Ja, schon lustig, dass sich da irgendwie ein Kreis geschlossen hat", sagte Oliver.

„Es ist schön, dass ihr uns nicht auch siezt", sagte ich – womit ich ein Fragezeichen in Steffens Gesicht verursachte.

Er sagte nichts dazu, wirkte aber leicht irritiert und neugierig. Ich würde ihm das später erklären.

„Nein", lachte Inga. „Ein Sie bekommen im Swingerclub nur besondere Menschen von mir."

„Besondere Menschen im Sinne von besonders aufdringlich?", fragte ich zurück.

„Ich sehe, du weißt, was ich meine", bestätigte sie mit einem verschmitzten Lächeln.

Natürlich wusste ich das – im Gegensatz zu meinem Liebsten, dessen Verwunderung nicht unbedingt nachließ.

„Ich kann jetzt nicht ganz folgen", warf er ein. „Warum sollte man denn im Swingerclub jemanden siezen? Das macht doch kein Mensch."

„Fast keiner", sagte ich. „Ich erzähle dir die Geschichte nachher."

„Ich habe den Eindruck, dass ich da irgendetwas nicht mitbekommen habe, oder?"

„Dein Eindruck ist richtig. Aber das konntest du auch nicht mitbekommen. Da warst du gerade sehr intensiv mit Saskia beschäftigt."

„Ach so", murmelte mein Liebster und lächelte in sich hinein.

„Ihr wart ja ganz schön umtriebig", sagte Inga.

„Umtriebig? Was meinst du denn mit umtriebig?", fragte Steffen scheinheilig.

Natürlich wusste er genau, was sie meinte. Aber er wollte offenbar, dass sie ins Detail ging. Sie tat ihm den Gefallen.

„Euren ausgiebigen Fremdsex", entgegnete sie. „Vermutlich haben wir euch öfter gesehen als ihr uns."

„Naja, dafür gehen wir schließlich in einen Swingerclub", erwiderte mein Liebster.

„Ist das so?", fragte Inga.

„Wozu sonst?"

„Da fallen mir noch andere Gründe ein. Wir lieben auch einfach die Atmosphäre hier. Viele leicht bekleideten Menschen, der ungezwungene Umgang miteinander, flirten mit Blicken, anderen Menschen beim Sex zusehen, andere Menschen bei unserem Sex zusehen lassen. Ein Swingerclub bietet viele Möglichkeiten – auch jenseits von Partnertausch und Gruppensex."

„Ihr macht keinen Partnertausch?", fragte ich.

„Doch, machen wir. Aber nur, wenn es sich mit besonders sympathischen Menschen wirklich ergibt. Wir empfinden einen solchen Abend nicht als misslungen, wenn es sich nicht ergeben hat."

„Und heute Nacht?", wollte Steffen wissen.

„Heute Nacht hat es sich nicht ergeben", sagte Inga.

„Ihr wart ja ständig anderweitig beschäftigt", fügte Oliver mit einem ausgesprochen charmanten Lächeln hinzu.

Den Satz ließ ich einfach mal so stehen und reagierte meinerseits mit einem Lächeln. Wäre es nicht schon so spät, hätte man die Aussage als Angebot für gemeinsamen Sex werten können. Da das so kurz vor Feierabend aber kaum noch denkbar war, wertete ich Olivers Bemerkung einfach nur als ein nettes Kompliment. Immerhin hatte er uns damit in die Kategorie „besonders sympathische Menschen" eingeordnet, die seine Frau kurz zuvor als Bedingung für Partnertausch genannt hatte.

Ich beschloss, dass ich die beiden mochte. Schade eigentlich, dass es schon so spät war. Trotz Altersunterschied hätte ich mir mit ihnen durchaus mehr vorstellen können. Aber dafür war es nun wirklich schon zu spät.

„Ihr seid nicht aus Wien?", fragte Inga.

„Hört man das so deutlich?"

„Oh ja", erwiderte Oliver. „Ihr sprecht schon ein sehr ausgeprägtes Piefkenesisch."

„Wir sprechen bitte sehr was?", fragte Steffen nach und brach in Lachen aus.

„Piefkenesisch", bestätigte Inga. „Noch nie gehört den Ausdruck?"

„Nein, der ist mir auch neu", sagte ich. „Ich kannte bisher nur den Piefke. Aber ich kann mir denken, was gemeint ist."

„Der Piefke ist für den Österreicher ganz allgemein der Deutsche", begann Oliver eine kleine Erklärung. „Und das ist auch so gemeint, wie es sich anhört: unfreundlich. Der Österreicher liebt den Deutschen nicht, aber er liebt das Geld, das die deutschen Touristen massenhaft ins Land bringen. In diesem Spannungsverhältnis ist wohl der Begriff Piefke entstanden."

Piefke, aha. So viel also zum Thema Höflichkeit und besondere Wiener Umgangsformen.

„Ich dachte, das geht auf den gleichnamigen preußischen Militärmusiker zurück", warf ich ein.

„Oh, da kennt sich jemand mit Geschichte aus", stellte Inga anerkennend fest.

„Na wie dem auch sei", fuhr Oliver unbeirrt fort. „Piefkenesisch ist demzufolge die logische Bezeichnung für das, was man bei euch zu Hause als Hochdeutsch bezeichnet. Ich tippe mal auf Norddeutschland. Richtig?"

„Absolut", bestätigte Steffen. „Wir kommen aus der schönsten Stadt Norddeutschlands. Und man sagt, dass bei uns das beste Hochdeutsch gesprochen wird."

„Hamburg?"

„Das ist nicht die schönste Stadt Norddeutsch-lands. Und Hochdeutsch spricht man in Hamburg schon gar nicht. Schau mal 150 Kilometer weiter süd-lich – da bist du richtig."

„Also Hannover."

„Treffer. Und da spricht man nun wirklich Hoch-deutsch."

„Wenn man das denn als solches so bezeichnen will …", entgegnete Oliver.

„Jaja", warf ich ein. „Nichts trennt Österreicher und Deutsche so sehr wie die gemeinsame Sprache."

„Du zitierst Karl Kraus?", stellte Inga verblüfft fest. „Wunderbar – ich liebe Karl Kraus."

Damit immerhin hatte das Frotzeln über Deut-sche, Österreicher und Sprachen ein Ende. Inga woll-te nahtlos ein Gespräch mit mir über den bedeuten-den österreichischen Schriftsteller beginnen, aber als wir uns umsahen, stellten wir fest, dass wir schon fast die Letzten im Barraum und wohl überhaupt im Club waren. Die Nacht im Frivoli war vorbei – und damit auch die espritvolle Unterhaltung mit den bei-den sympathischen Wienern, die eigentlich soeben erst richtig begonnen hatte.

Einerseits schade – andererseits war ich zumin-dest an dieser Stelle auch ganz erleichtert. Ich hatte als Studentin zwar mal etwas von Karl Kraus gele-sen, allzu viel war da bei mir aber nicht hängenge-blieben. Selbst bei dem Zitat, das ich eben so passend ins Gespräch geworfen hatte, hätte ich den Urheber gar nicht nennen können. Ich hatte es nur irgendwie im Hinterkopf. Aber dass Inga sofort wusste, von wem es war, beeindruckte mich.

„Schade eigentlich", sagte Oliver, als wir kurz darauf gemeinsam den Club verließen.

„Finde ich auch", entgegnete ich spontan.

„Wie lange seid ihr denn noch in Wien?", fragte Inga.

„Fast die ganze nächste Woche. Am Freitag wollen wir wieder abreisen."

„Und was macht ihr bis dahin?"

„Vor allem Sightseeing. Museen, Schönbrunn, Belvedere. Außerdem haben wir Karten für das Burgtheater."

„Vielleicht habt ihr ja Lust auf einen Kaffee mit uns? Zum Beispiel auf dem Naschmarkt?"

„Ich glaube, da werden wir ohnehin jeden Tag landen, wenn wir pflastermüde werden. Unser Hotel ist da ganz in der Nähe."

„Ihr könnte es euch ja einfach mal überlegen", sagte Oliver. „Wenn ihr mögt, notiert euch doch mal meine Handynummer und meldet euch dann. Und wenn ihr euch nicht meldet, dann betrachten wir das als freundliche Absage."

Wir nickten, und Steffen tippte Olivers Nummer in sein Handy. Daraufhin verabschiedeten wir uns mit wechselseitigen Umarmungen und wir schlenderten Richtung Taxistand.

Ich drehte mich nach ein paar Metern noch einmal um und stellte fest, dass sie uns nachsahen. Noch einmal zwinkerte Oliver mir zu – dann war die Frivoli-Nacht wirklich vorbei.

Für einen Augenblick spielte ich mit dem Gedanken, zu Fuß zum Hotel zu gehen. Eine knappe halbe Stunde würde das dauern. Steffen hatte das vor dem Besuch im Club gecheckt. Für Wiener Verhältnisse also kein übermäßig langer Weg durch die nächtlichen Straßen. Aber ich spürte nun doch die Müdigkeit und war froh, als wir ein freies Taxi erblickten. Ich hatte das dringende Bedürfnis, endlich schlafen zu können.

Wien bei Tag

Na, bist du aus dem Bett gefallen?"
Er war schließlich doch wach geworden.
Ich schaute zu Steffen und warf ihm einen
Luftkuss zu. Er erhob sich langsam aus
dem Bett und kam zu mir an den kleinen Tisch, auf
dem mein Notebook stand.

„Wie ich sehe, bist du auch schon wach", sagte ich
mit Blick auf die eindrucksvolle Erektion, die er mir
präsentierte.

„Nur teilweise", entgegnete er jedoch, gab mir einen flüchtigen Kuss und verschwand ins Bad.

Ich schrieb weiter. Manchmal mussten die Dinge
ganz einfach aus meinem Kopf in eine Textdatei. Als
Steffen zurückkam, war seine Morgenerektion verschwunden. Schade eigentlich. Das hatte sehr schön
ausgesehen. Doch offenbar hatte der Wechsel von
erotischen Träumen hin zur profanen Morgentoilette
enterotisierend auf ihn gewirkt.

Er stellte sich neben mich und sah auf den Bild-
schirm. Als er erkannte, was ich in diesem Augenblick schrieb stutzte er:

„Willst du aus der Nacht ein Buch machen?",

„Weiß ich noch nicht. Auf jeden Fall wollte ich einige Details festhalten, bevor ich sie vergesse. Ein,

zwei Dinge könnte ich auch für meinen neuen Roman verwenden."

Steffen las sich nun in meinen Notizen fest.

„Seit wann liest du in meinem Tagebuch?", fragte ich ihn.

„Seit du eins über unser Swingen führst und angefangen hast, die Geschichten daraus zu veröffentlichen", gab er zurück und las unbeeindruckt weiter.

Ich wartete ab, bis er mit meinen Notizen der Nacht durch war. Am Ende stutzte er:

„Wie bitte? Du hast auch gefickt, als ich mit Saskia in der Bambushütte war? Das habe ich überhaupt nicht mitbekommen."

Ich lächelte ihn mit dem unschuldigsten Unschuldslächeln an, das ich an diesem Morgen aufbringen konnte, zuckte mit den Achseln und entgegnete:

„Ich weiß. Du hast ja auch das mit Saskia getan, was ihr lieber Mann mit mir leider nicht gemacht hat: Du hast dich auf sie konzentriert."

„Oh ja", murmelte er. „Es war eine heiße Nummer."

„Hast du sie da eigentlich zum Orgasmus gebracht? So ganz alles habe ich nicht mitbekommen. Wie du gerade gelesen hast: Ich war ja zeitweise etwas abgelenkt."

„Ja, habe ich – zweimal sogar."

Ich stellte fest, dass wieder etwas Leben in Steffens Schwanz kam. Als ich danach griff, beschleunigte sich dieser Prozess erheblich – vor allem, als sein bestes Stück dann auch noch zwischen meinen Lippen verschwand.

„Du bist ja unersättlich", murmelte er, während er zugleich mit fickenden Bewegungen in meinem Mund begann.

Ganz unrecht hatte er damit ja nicht. Aber das traf auf uns beide zu – vor allem nach einer sexreichen Nacht im Swingerclub. Solche Erlebnisse wirkten bei uns immer eine ganze Weile nach. Wenn wir eine heiße Swingernacht erlebt hatten (egal ob im Club oder wo auch immer), dann waren wir tagelang fast permanent heiß aufeinander. Es gab schlechtere Nebenwirkungen unseres sehr besonderen Hobbys. Und in diesem Moment, als er neben mir stand und sein wachsender Schwanz nicht weit von meinem Gesicht entfernt war, hatte ich einfach nicht widerstehen können.

Steffen zog mich vom Stuhl hoch und drückte mich fest an sich. Er küsste mich lange und leidenschaftlich, während sich sein Schwanz gegen meinen Bauch drückte. Schließlich drehte er mich um, ich bückte mich und hielt mich am Tisch fest. Im nächsten Augenblick schob sich sein Schwanz auch schon von hinten zwischen meine Beine. Sofort war er in mir.

Er nahm mich mit heftigen, tiefen Stößen, seine Hände hatten meine Hüften fest gepackt. Er fühlte sich geil an: groß und hart.

„Hat der Mann es vor der Bambushütte auch so mit dir gemacht?", fragte er.

„So ähnlich", entgegnete ich.

„Was war anders?"

„Ich habe mich nicht so tief runtergebeugt. Außerdem habe ich mich nicht an einem Tisch festgehalten, sondern an seiner Frau."

„War noch etwas anders?"

„Ja, sein Schwanz. Der war nicht ganz so groß wie deiner."

„War er denn genauso steif?"

„Oh ja, das war er."

Damit war die Fragestunde beendet. Das hatte ich auch schon anders erlebt. Manchmal fragte mein Liebster mich beim Sex minutenlang über meinen Sex mit einem anderen Mann aus. Jetzt aber war ihm offenbar nicht nach einer ausgedehnteren Unterhaltung.

Steffen erhöhte sein Tempo noch. Ich ahnte, dass er das nicht sonderlich lange durchhalten würde und behielt recht. Er war zwar längst nicht so schnell fertig wie Felix in der vorausgegangenen Nacht, aber doch schneller als mein namenloser Dampfkabinen-Lover vor der Bambushütte. Doch das störte mich nicht. Als ich spürte, wie sein Sperma in mich hineinströmte, fand ich das einfach nur wundervoll. Steffen stieß noch einige Male nach, dann kam er allmählich zur Ruhe und verharrte in dieser Position eine Weile. Erst als sein Schwanz zu schrumpfen begann, zog er sich aus mir zurück. Ich fand es schön, dass er in mir gekommen war – auch wenn ich es in der Nacht im Club geil gefunden hatte, mehrfach sein Sperma zu schlucken. Doch das hier war noch etwas anderes. Etwas sehr Inniges, das nur zwischen ihm und mir passierte.

Ich richtete mich wieder auf, drehte mich um und küsste ihn. Dieses Mal dauerte unser Kuss nicht allzu lange. Steffen packte mich und warf mich aufs Bett. Ehe ich mich versah, war er mit dem Kopf zwischen meinen Beinen. Er schob zwei Finger in meine nasse Muschi und fand mit der Zunge den Kitzler. Während er mich leckte, fickte er mich mit Mittel- und Zeigefinger. Als es mir kam, hielt ich seinen Kopf mit beiden Händen fest und drückte ihn zwischen meine Oberschenkel. Dabei schrie ich vermutlich das halbe Hotel zusammen.

Als er wieder aus meinem Schoß auftauchte, sah er mich an und grinste:

„Wer bisher noch nicht wach war – jetzt ist er es ganz bestimmt."

„Wird ja auch Zeit", entgegnete ich und warf einen Blick auf die Uhr.

Steffen nickte: „Wollen wir mal schauen, was das Frühstücksbuffet hergibt?"

„Unbedingt. Ich habe einen Mordshunger."

„Schön. Aber das Rührei kannst du dir heute sparen."

„Hä?"

Ich mochte ausgesprochen gern Rührei mit Schinken, wenn wir im Hotel übernachteten. Das wusste Steffen ganz genau. Warum wollte er mir das denn heute vorenthalten?

„Ich glaube, du hast letzte Nacht schon ziemlich viel Eiweiß bekommen", entgegnete er mit einer Mischung aus Lächeln und Grinsen.

„Egal", sagte ich und sah ihn mit funkelnden Augen an: „Du weißt doch, dass ich unersättlich bin."

Tatsächlich vertilgten wir erheblichen Mengen an Rührei – wir beide. Während des Frühstücks sah Steffen immer wieder auf seinen rechten Zeigefinger, der eine kleine Wunde hatte.

„Wo hast du das denn her?", fragte ich ihn.

„Keine Ahnung. Gestern Nacht hatte ich das noch nicht. Zum ersten Mal bemerkt habe ich es, als ich vorhin aus dem Bad ins Zimmer zurückgekommen bin."

„Und was hast du im Bad gemacht?"

„Na was wohl. Ich weiß wirklich nicht, woran ich mich da geratscht haben könnte. Eigentlich hatte ich nichts anderes in der Hand als meinen Schwanz. Und davon kann das ja kaum sein."

„Nein", bestätigte ich. „So scharf ist er auch wieder nicht – egal wie Saskia das bewerten würde."

Es war Sonntag, es war bestes Spätsommerwetter, und unser Städteurlaub begann gerade erst. Wir waren zwar nicht zum ersten Mal in Wien, aber zum ersten Mal mit so viel Zeit. Wir schlenderten gemächlich durch die Straßen und ließen uns ein wenig treiben – scheinbar ziellos. Allerdings wirklich nur scheinbar. Tatsächlich hatte ich an diesem Tag ein konkretes Ziel im Hinterkopf, zu dem ich uns dezent hinsteuerte – von dem ich allerdings nicht so recht wusste, ob ich meinen Liebsten davon würde begeistern können. Erst als wir vor dem Heeresgeschichtlichen Museum standen, stutze Steffen:

„Willst du da etwa rein?"

Ich zuckte unschuldig die Achseln und lächelte ihn an: „Na wo wir doch schon mal hier sind."

Mein Mann verdreht die Augen. Vermutlich empfand er es als sonderbar, dass ich mich am Tag nach der Clubnacht ausgerechnet mit österreichischer Kriegsgeschichte beschäftigen wollte. Aber gestern war gestern und heute war heute. Jetzt waren wir wirklich in Wien, hier sprang einen die Geschichte förmlich an. Steffen wusste schließlich, dass er eine Historikerin geheiratet hatte. Um historische Museen würde er bei diesem Städtetrip nicht herumkommen. So etwas zählte ganz einfach zu meinen Leidenschaften – wenn auch natürlich auf einer völlig anderen Ebene als gewisse andere Leidenschaften.

Vor allem ein Ausstellungstück in diesem Museum wollte ich unbedingt sehen: Die Uniform, in dem der österreichische Thronfolger am 28. Juni 1914 von einem Attentäter erschossen worden war – was in der Folge den Ersten Weltkrieg ausgelöst hatte. Solche Zeugen der Vergangenheit empfand ich als geradezu magisch. Als wir schließlich im Sarajevoraum des Museums standen, das offene Auto betrachteten, in dem Erzherzog Franz Ferdinand und seine Gemahlin Sophie Chotek erschossen worden waren, betrachtete ich geradezu andächtig die Ausstellungsstücke. Das hier war keine Geschichte aus Büchern, das hier war Geschichte zum Anfassen – naja, abgesehen davon, dass man natürlich nichts anfassen durfte. Das unterschied ein Museum nun einmal von einem Swingerclub.

Ein anderes Paar betrat den Raum und sah sich die Gegenstände ebenfalls an. Die Frau schien im Gegensatz zu ihrem Mann allerdings nicht sonderlich interessiert an den Dingen, die hier zu sehen waren. Als sich unsere Blicke trafen, zuckte sie mit einer Schulter und verdrehte den Blick. Offenbar bedauerte sie sich und zugleich auch mich, dass wir von unseren Männern in eine solch langweilige Ausstellung geschleppt worden waren. Sie wäre vermutlich nicht im Traum darauf gekommen, dass das bei uns genau umgekehrt war. Kurz darauf waren die beiden wieder verschwunden.

Ich betrachtete lange die Uniform, die der Thronfolger damals getragen hatte. Unterhalb des Kragens war das kleine Einschussloch erkennbar. Hier war die Kugel des Attentäters eingedrungen und hatte den Erzherzog getötet. Hätte er den Anschlag überlebt, hätte es den Ersten Weltkrieg vermutlich nicht gegeben.

„So ein kleines Loch und so eine große Auswirkung", murmelte ich.

„Offen gestanden, finde ich andere kleine Löcher spannender", erwiderte mein Liebster und grinste mich süffisant an.

Ich verdrehte die Augen: Mit dem Mann konnte man nicht über Weltgeschichte reden. Aber gut – er war eben gedanklich noch sehr im Swingerclub – was ich ja auch verstehen konnte nach dieser Nacht. Aber dieses Museum, das gar nicht weit von unserem Hotel entfernt war, musste einfach sein. Vielleicht hätten wir nur nicht gleich heute hierherkommen sollen.

Als wir das Museum zu seiner Erleichterung nach nicht allzu langer Besichtigungszeit wieder verließen, beschloss ich, Steffen für den Ausflug in die Geschichte zu belohnen. Ganz in der Nähe war das Belvedere, das dortige Museum mit seiner Klimt-

Sammlung wollte ich zwar auch noch besuchen, aber zwei Museen hintereinander waren vielleicht ein bisschen viel für ihn – wenngleich im Belvedere keine blutrünstigen Zeugnisse der Vergangenheit, sondern schöne (und teilweise auch recht erotische) Gemälde zu besichtigen waren.

Wir ließen das Museum hier aber links liegen und schlenderten einfach nur durch den Park. Wie ich es erwartet hatte, machte mein Mann immer wieder Fotos von mir. Als wir in einer ruhigen Ecke waren, setzte ich mich auf eine Bank, zog ein Bein nach oben, während ich das andere auf dem Boden ließ. Steffen hatte mich nun seitlich im Blick, und konnte Bilder von mir machen, auf denen meine Beine gut zur Geltung kommen würden, wie ich vermutete. Da ich einen Minirock trug, zeigte ich viel Haut – beziehungsweise halterlosen Strumpf. Als ich meine Beine etwas weiter öffnete und mich ihm wieder mehr zuwandte, bekam er auch einen Einblick unter meinen Rock. Erst stutzte er, dann lächelte er – und dann machte er Unmengen an Fotos, auf denen sicherlich erkennbar sein würde, dass ich unten ohne war.

„Das hatte ich ja noch gar nicht mitbekommen", sagte er schließlich, als er sich zu mir setzte.

„Was denn?", fragte ich scheinheilig.

„Dass du heute Morgen deinen Slip vergessen hast."

„Habe ich doch gar nicht", entgegnete ich.

Steffen wischte über das Display seines Smartphones und wir sahen uns einige der Bilder an. Ein paar davon gefielen mir ganz gut. Und natürlich war deutlich erkennbar, dass ich unten ohne war.

„Sieht aber ganz so aus", sagte er.

„Ich habe ihn nicht vergessen", beharrte ich, griff in meine Tasche und zog den schwarzen Tanga heraus, den ich bis vor Kurzem noch getragen hatte.

„Wann ist dir der denn abhanden gekommen?", fragte er verblüfft.

„Eben im Museum, als ich noch kurz auf Toilette war. Ich wusste doch, dass du Fotos machen würdest."

Ich liebte es schon immer, wenn ich meinen Mann verblüffen konnte. Und dass mir das nach mittlerweile 13 Jahren Beziehung noch immer gelang, machte mich auch ein wenig stolz.

„Was machen wir denn hiermit?", fragte Steffen und öffnete die Kontaktliste in seinem Handy.

„IngaOliverWien" lautete der Eintrag, den er mir nun zeigte – die Nummer jenes Paares vom Vorabend (beziehungsweise die Nummer des Mannes). In Steffens Handy (und auch meinem) gab es eine ganze Reihe von Einträgen, die aus zwei Vornamen bestanden – manchmal auch noch mit einem Ortszusatz. Vermutlich war das ein Markenzeichen bei Swingern. Sollte sich ein Normalo, der nichts von unserer Swinger-Leidenschaft wusste, einmal unsere Kontakte im Handy anschauen, würde er sich möglicherweise wundern, warum es dort so viele Einträge mit zwei Vornamen gab – zumal die bei Steffen auch noch einer Gruppe mit dem Namen „Specials" zugeordnet waren. „Swinger-Kontakte" hatte er diese Gruppe wohlweislich nicht nennen wollen – auch wenn er natürlich nicht davon ausging, dass jemals jemand in seinem Handy stöbern würde. Aber besser war das trotzdem. Man konnte nie wissen. Unsere besondere Leidenschaft war keine Sache, die wir im normalen Bekanntenkreis herumerzählten. Das machte kaum ein Swinger-Paar. Zumindest keins, das wir kannten.

Viele dieser Kontakte waren uns zwar mit der Zeit wieder abhanden gekommen, aber im Handy waren sie noch immer vorhanden – auch wenn ich bei manchen Einträgen überlegen musste, wer das eigentlich gewesen war. Ich hatte zwar (im Gegensatz zu meinem Liebsten) ein ganz gutes Namensgedächtnis, aber mit manchen Einträgen konnte ich trotzdem nichts mehr anfangen. Es waren ja auch Kontakte von Paaren in diese Gruppe gewandert, die wir lediglich einmal auf einen Kaffee im Bistro getroffen hatten, ohne dass sich in der Folge eine erotische Begegnung ergeben hatte. Wenn man solche Nummern nicht wieder löschte, dann gab es mit der Zeit viele Kontakt-Zombies. Würden auch Inga und Oliver zu solchen Zombies werden?

„Ich weiß nicht. Was denkst du?", fragte ich zurück.

„Nett waren die beiden ja. Aber auch deutlich älter als wir."

„Das finde ich nicht weiter schlimm. Wir wollen ja niemanden heiraten."

„Auch wieder wahr."

„Wäre Inga dir zu alt?"

„Nein", sagte er, wobei dieses „Nein" etwas gedehnt wirkte.

Ich hatte noch nie ein Problem mit dem Alter anderer Swinger – weder nach oben noch nach unten. Steffen eigentlich auch nicht, aber je älter wir wurden, umso mehr entwickelte er doch eine Vorliebe für jüngere Frauen. Jedenfalls war das mein Eindruck. Hatte das womöglich etwas damit zu tun, dass sein 40. Geburtstag nicht mehr allzu fern war? Anzeichen einer Midlife-Crisis erkannte ich beim ihm eigentlich nicht. Vielleicht noch nicht? Trotzdem war ihm eine 26-Jährige (wie etwa Saskia) wohl lieber als eine 45-Jährige. Und 45 war Inga sicherlich – möglicherweise auch schon Ende 40. Eine attraktive Frau war sie trotzdem. Und je mehr ich darüber nachdachte, umso mehr bekam ich Lust auf ihren charmanten Mann. Als ich Steffen das sagte, fragte er:

„Würdest du Oliver gern einen Blick unter deinen Rock gewähren?"

„Habe ich doch schon."

„Hast du schon?"

„Als wir vor der Sauna saßen, in der wir die beiden zu Beginn des Abends entdeckt hatten, habe ich mich so gesetzt, dass er einen entsprechenden Einblick haben konnte."

„Und denkst du, das hat er bemerkt?"

„Schatz, ein Mann übersieht vieles. Aber nicht, wenn eine Frau den Blick auf ihre Muschi freigibt."

Wie immer, wenn einer von uns „Schatz" zum anderen sagte, lag entweder Tadel oder Ironie in der Aussage. Steffen schmunzelte und fühlte sich vermutlich ertappt. Auch er hätte so etwas nicht übersehen – schon gar nicht bei einer anderen Frau.

Wir vertagten die Frage eines möglichen Wiedersehens mit den beiden netten Wienern und beschlossen, am Abend bei Joyclub zu stöbern. Vielleicht würden wir ja ihr Profil dort entdecken – wenngleich wir natürlich nicht wussten, ob sie in dem Erotikforum überhaupt vertreten waren.

Die Enge des Naschmarkts

Waren sie aber. Wir klickten eine ganze Weile durch die Profile der Wiener Joyclub-Paare, und schließlich fanden wir sie. Die Gesichter auf den Bildern in ihrer offen einsehbaren Galerie waren verpixelt, aber wir erkannten sie dennoch.

Es waren schöne und zum Teil sehr erotische Fotos, die sie zeigten – stilvoll und nicht im Geringsten vulgär. Eins zeigte Inga in einem langen schwarzen Kleid, das sich hauteng an ihren Körper schmiegte und ihre schlanke Figur mit den kleinen Brüsten sehr betonte. Man konnte ahnen, dass sie nichts darunter trug. Auf einem anderen Bild waren sie beide zu sehen, er im Smoking mit Fliege, sie beinahe nackt an seinem Arm; sie trug lediglich eine lange Perlenkette und Pumps. Offensichtlich war dieses Bild vor oder während einer CMNF-Party aufgenommen worden, bei der der Dresscode sehr speziell war: Männer in Abendgarderobe, Frauen nackt. Ich fragte mich, ob ich mir diese beiden kultivierten Menschen bei einer solchen Party vorstellen konnte. Keine Frage, das passte schon. Vor allem Oliver wirkte in seinem Smoking kein bisschen verkleidet. Der stand ihm gut. Aber auch Inga wirkte auf diesem Bild trotz Nacktheit elegant. Die Halskette, die Pumps, der leicht erhobene Kopf, – das machte sie ungemein attraktiv.

Diese Frau strahlte sehr viel Selbstbewusstsein aus. Auch das machte sie sexy.

Als sehr angenehm empfand ich zudem den Profiltext der beiden, in dem sie sich beschrieben. Das fing schon mit dem Motto an, das über allem stand:

„Versuchungen sind wie Vagabunden: Wenn man sie freundlich behandelt, kommen sie wieder und bringen andere mit", lasen wir.

Ein Zitat von Mark Twain, wie sie dazugeschrieben hatten. Aber nicht nur das Motto, ihr ganzer Profiltext sprach mich an – allein schon deshalb, weil er sehr kultiviert wirkte und fehlerfrei war. Natürlich hatte ich kein Problem damit, wenn sich der ein oder andere Vertipper in einen Text einschlich. Aber wenn Menschen in ihrem Swinger-Profil eine übermäßig kreative Schreibweise präsentierten (wie etwa Saskia und Felix), dann war das nach meinem Empfinden schon einmal ein gewisser Minuspunkt.

In einem Erotikforum war ich mit dieser Sichtweise vermutlich sehr einsam, aber da konnte ich nun einmal nicht aus meiner Haut. Wenn mich konsequent wiederkehrende Rechtschreibfehler anstarrten wie die Grinsekatze aus „Alice im Wunderland", dann tat mir das innerlich weh. So etwas fand ich schlimmer als ein paar Kilo zu viel oder einen größeren Altersunterschied. Ich war ja nicht nur Historikerin, ich war auch Germanistin mit einer großen Vorliebe für das geschriebene Wort. Und in der Hinsicht war ich nur begrenzt zu Kompromissen bereit.

Der Altersunterschied zwischen den beiden und uns war allerdings tatsächlich nicht ganz klein – jedenfalls noch etwas größer, als wir es vermutet hatten. Beide waren sie 53 und somit 19 Jahre älter als ich. Zu Steffen betrug der Abstand immerhin noch 14 Jahre. Ich bemerkte ein leichtes Kräuseln auf der Stirn meines Liebsten, als wir diese Daten im Profil der beiden betrachteten – weshalb wir die Frage eines Wiedersehens erneut vertagten.

Wir waren nach dem ausgedehnten Sightseeing an diesem Tag einigermaßen erschöpft und schliefen relativ früh nach einem eher schmusigen Kuschelsex in unserem großen Hotelbett ein. Natürlich wirkte auch noch die vorangegangene Clubnacht nach, in der wir ein gewisses Schlafdefizit erworben hatten. Manchmal gab es Wichtigeres als Schlafen, aber irgendwann verlangte der Körper dann einen Ausgleich – meiner jedenfalls.

Am anderen Morgen war es wie meist bei uns im Urlaub oder am Wochenende: Ich schlief länger als Steffen. Als ich es auch so langsam in die Wachwelt schaffte, entdeckte ich ihn am Notebook.

„Was tust du? Joyclub?"

„Ja, ich schaue mir noch mal ein bisschen die Wiener Swingerszene an."

„Und? Wie ist sie?"

„Vorhanden und durchaus interessant. Ich habe ein ganz süßes Paar entdeckt, das für Mittwochabend ein Date sucht. Ich glaube, der Mann wäre dein Typ."

„Och nö, nicht schon wieder Fastfood. Das hatten wir im Club."

„Du kannst dir die beiden Datesuchenden doch mal anschauen", entgegnete mein Liebster und krabbelte mit dem aufgeklappten Notebook wieder zu mir ins Bett.

Dass seine Füße kalt waren, erstaunte mich nicht. Immerhin hatte er wohl schon eine ganze Weile nackt an dem kleinen Tisch gesessen und war tief in die virtuelle Swingerwelt der österreichischen Hauptstadt eingetaucht. Aber dass er seine Füße jetzt allen Ernstes an mir wärmen wollte, bescherte ihm einen bösen Blick – worauf er so reagierte, wie er das immer in solchen Situationen tat: mit Grinsen.

„Na zeig her", sagte ich, während ich einen kleinen Sicherheitsabstand zu seinen kalten Füßen herstellte, und betrachtete das Paar, das er entdeckt hatte.

Hässlich waren die beiden nicht, da hatte er schon recht. Die Frau hatte eine ähnliche große Oberweite wie Saskia, der Mann war zwar nicht derart durchtrainiert wie Felix, aber unsportlich war auch er nicht. Die beiden zeigten ganz offen ihre Gesichter (was die meisten Swinger in diesem Forum nicht taten), und ihr Lächeln wirkte sympathisch. Dennoch sprang der Funke bei mir nicht so recht über.

„Warst du nochmal auf dem Profil von Inga und Oliver?", fragte ich.

„Nein, aber ich habe sie in unserer Besucherliste entdeckt."

„Ah, okay. Haben sie etwas geschrieben?"

„Nein."

Jetzt war ich fast ein bisschen enttäuscht. Es wunderte mich nicht, dass sie uns angeklickt hatten, nachdem wir auf ihrem Profil gewesen waren. Wenn man die Funktion in dem Erotikforum nicht sperrte, dann konnte jeder sehen, wer das eigene Profil besucht hatte. Wir waren in ihrer Besucherliste und trotz verpixelter Gesichter wohl hinreichend erkennbar. Ich musste mir eingestehen, dass ich mich über eine kleine Mail von ihnen gefreut hätte – ungeachtet der Tatsache, dass auch wir nichts geschrieben hatten. Zugleich empfand ich ihr Schweigen aber auch als sympathisch. Oliver hatte Steffen am Ende der Clubnacht seine Handynummer gegeben – und damit Interesse signalisiert. Damit lag der Ball nun eindeutig bei uns. Hätten sie uns nun auch noch bei Joyclub angeschrieben, hätte man das als Drängen deuten können – und diesen Eindruck wollten sie sicherlich nicht erwecken. Dass sie schwiegen, wirkte souverän. Das passte zu ihnen.

„Auch nichts von Saskia und Felix?", wollte ich wissen.

„Nein, auch nicht."

„Lass mich mal", sagte ich und nahm Steffen das Notebook vom Schoß.

Ich ging in den Mailverlauf, der mit Saskia und Felix vor unserem Trip nach Wien entstanden war, und schrieb ihnen ein paar Zeilen:

Guten Morgen ihr Lieben,

das Frivoli war eine wunderbare Idee von euch. Wir haben die Nacht in eurem schönen Lieblingsclub sehr genossen – auch wenn es zwischen Felix und Kirsten ja dann doch nicht so richtig gefunkt hat. Aber das haben Saskia und Steffen ja ein bisschen wettgemacht ☺ Auf jeden Fall freuen wir uns, euch kennengelernt zu haben.

Liebe Grüße aus unserem Hotel in Margareten, Kirsten und Steffen

Ich sah meinen Liebsten an: „Okay?"

„Klar, schick es ab. Mal sehen, wie sie reagieren."

Ich drückte auf den Senden-Button.

„Was ist mit den beiden, die für Mittwoch ein Date suchen?", fragte Steffen.

Ich verzog das Gesicht.

„Was ist mit Inga und Oliver?", fragte ich stattdessen.

Steffen verzog das Gesicht.

Somit blieb unsere kurze Mail an Saskia und Felix die einzige Nachricht, die wir an diesem Morgen schrieben. Und die sollte unbeantwortet bleiben. Wir (vor allem ich) hatten zwar keine Ambitionen, die beiden wiederzusehen, aber schade fand ich es dann doch, wenn jemand einfach so sang- und klanglos wieder verschwand. Zumindest Steffen und Saskia hatten ja doch guten Sex miteinander gehabt. Aber vielleicht bog Felix auch gerade deshalb jede weitere Kommunikation ab. Wer wusste das schon.

Der Wiener Spätsommer war auch an diesem Montag freundlich zu uns, und wir konzentrierten uns auf die Sehenswürdigkeiten der Innenstadt: Hofburg, Stephansdom, Universität, die Nobel-Einkaufsmeile der Kärntner Straße – es gab viel zu sehen. Und anders als im Heeresgeschichtlichen Museum fremdelte mein Mann hier jetzt nicht so sehr mit dem Eintauchen in die Wiener Geschichte. Selbst in der Hofburg betrachtete er ehrfurchtsvoll die Räume und Ausstellungsstücke.

Dass an diesem Tag auch ein paar neue Pumps in meinen Rucksack wanderten, freute mich besonders. Es waren wirklich schöne Schuhe. Vermutlich hätte ich sie andernorts billiger bekommen können, aber sie waren aus einem Geschäft aus der Wiener Innenstadt. Ich befand, dass dafür ein gewisser Aufpreis angemessen war. Steffen teilte diese Sicht der Dinge zwar nicht, aber ihn versöhnte meine Ankündigung, dass ich diese Pumps bei unserem nächsten Clubbesuch tragen würde – wann und wo auch immer das sein würde. Allerdings kam ich ins Grübeln, was dazu wohl passen könnte. So richtig fiel mir von meinen vorhandenen Outfits da eigentlich nichts ein. Diese Schuhe würden wohl Folgekäufe nach sich ziehen müssen. Es sei denn, unser nächster Clubbesuch würde eine CMNF-Party sein. Dann brauchte ich nur eine passende Halskette. Als ich diesen Gedanken aussprach, entlockte ich meinem Liebsten damit ein wesentlich freundlicheres Lächeln als mit der Aussicht auf weiteres Stöbern – auch wenn er grundsätzlich nichts dagegen hatte, mit mir durch Läden zu ziehen, in denen man Cluboutfits finden konnte.

Am Nachmittag waren wir angemessen pflastermüde und beschlossen, demnächst eine Pause einzulegen.

„Naschmarkt?", fragte Steffen.

„Naschmarkt", bestätigte ich.

Wir waren schon am Samstag über diesen großen Markt gezogen, auf dem es von Obst und Gemüse bis Fleisch, Fisch und Gewürzen so ziemlich alles an Köstlichkeiten gab, was man sich nur vorstellen konnte. Es gab hier auch kleine Stände und Bars, an und in denen man sich für einen Kaffee oder einen

Wein oder auch eine Kleinigkeit zu essen niederlassen konnte. Die Atmosphäre in diesem Multi-Kulti-Gewusel mit teilweise exotischen Dürften hatte mich sofort fasziniert. Da der Naschmarkt zwischen der Innenstadt und unserem Hotel lag, beschlossen wir, zu Fuß zu gehen.

„Und jetzt schick Oliver mal eine WhatsApp", sagte ich. „Vielleicht haben die beiden ja spontan Zeit für einen Kaffee."

„Du möchtest ihn schon gern wiedersehen, oder?"

„Ich möchte sie beide gern wiedersehen. Sie sind einfach interessante Menschen."

„Auch wenn es nur beim Kaffeetrinken bleibt?"

„Auch dann."

„Vermutlich werden sie aber mehr im Sinn haben, wenn wir uns melden."

„Das kann schon sein. Vielleicht habe ich ja auch mehr im Sinn."

„Und wenn ich nicht mehr im Sinn habe?"

„Dann kann es auch bei einem Kaffee bleiben. Schauen wir mal."

Ein reines Kaffee-Date mit einem anderen Swinger-Paar war nichts Ungewöhnliches für uns. Wenn wir ein neues Paar treffen wollten, dann fand ein solches Treffen normalerweise auf neutralem Boden statt: im Bistro oder im Swingerclub. Im Club gab es dann meist auch Sex – jedenfalls wenn die Chemie stimmte. Beim Date im Bistro war das alles sehr viel offener. Da beschnupperte man sich nur – ohne, dass man sich (vielleicht abgesehen von mehr oder weniger zufälligen Berührungen) körperlich näherkommen konnte. Dafür erlebten wir es aber immer wieder, dass Bistro-Dates mehr Tiefe bekamen. Es ging nicht darum, wie man möglichst elegant an die Unterwäsche des anderen Mannes beziehungsweise der anderen Frau kam, sondern darum herauszufinden, wer die anderen beiden waren. Ich mochte solche Treffen.

Manchmal wurden das kurze Dates, bei denen wir uns nach einem Höflichkeits-Kaffee wieder verabschiedeten, weil wir einfach keinen Draht zu den beiden anderen fanden – oder sie zu uns. Manchmal dauerten solche Dates aber auch ziemlich lange, weil wir auf interessante Menschen gestoßen waren. Wenn dann auch noch viel gelacht wurde, dann war das ein gutes Zeichen dafür, dass bei einem Folgedate etwas passieren würde – und das war oftmals viel intensiver als schneller Sex im Swingerclub. Mit mehr Anlaufzeit konnte ich mich meist besser fallenlassen und oftmals auch mehr mit einem Mann zulassen als bei flüchtigen Begegnungen im Club.

Zuweilen gingen wir aber auch mit einem eher skeptischen Gefühl zu einem Bistro-Date. Vielleicht hatte einen von uns irgendetwas am Profil der anderen gestört, aber einen gemeinsamen Kaffee trinken konnte man ja – jedenfalls wenn man dafür nicht Hunderte Kilometer fahren musste. Manchmal wurden wir bei solchen Naja-Dates positiv überrascht, manchmal auch nicht. Wenn wir trotz Vorbehalten ein Date machten, dann war normalerweise ich diejenige, die sich an irgendetwas gestört hatte: etwa an vielen Rechtschreibfehlern, an unästhetischen Profilbildern oder auch an sexuellen Vorlieben, die nur teilweise zu uns passten. Steffen war oft großzügiger bei seiner Beurteilung anderer Paare.

Und genau das war dieses Mal umgekehrt: Ich wollte mit den beiden netten Wienern unbedingt einen Kaffee trinken. Und Steffen tat mir den Gefallen – ebenso wie ich ihm bei anderen Paaren schon mehrfach den Gefallen getan hatte.

Oliver reagierte umgehend auf die Nachricht. Und erfreulicherweise sagte er auch spontan zu. Er schlug als Treffpunkt ein kleines Bistro auf dem Naschmarkt vor, das er kannte und mochte – und das wir dank seiner guten Beschreibung auch leicht fanden. Wir waren vor ihm da, aber das war eigentlich auch zu erwarten gewesen. Schließlich hatte die Arbeitswoche wieder begonnen, und es war alles andere als selbstverständlich, dass jemand so spontan Zeit hatte.

Tatsächlich kam Oliver kurz darauf ohne seine Frau zu uns. Wir begrüßten uns mit freundlichen Umarmungen – ich hatte den Eindruck, dass er sich wirklich freute, uns zu sehen. Er freut sich, DICH zu sehen, schmunzelte meine Erotikfee. Das mochte wohl sein. Und ich sah auch keine Veranlassung, meinen Rock wieder zu richten, als der sich beim Setzen ein wenig hochgeschoben hatte. An diesem Tag trug ich allerdings ganz züchtig einen Slip darunter.

„Ich habe Inga eine Nachricht geschickt. Sie braucht etwas länger, aber wenn ihr es nicht eilig habt, dann kommt sie etwas später noch dazu", sagte er.

„Wir haben Urlaub und somit Zeit", entgegnete Steffen. „Heute Abend allerdings wollen wir ins Burgtheater."

Das war sachlich völlig korrekt. Wir hatten Theaterkarten für diesen Abend. Vielleicht wollte Steffen mit seiner umgehenden Bemerkung aber auch klarstellen, dass unser Treffen ein reines Kaffeedate war und es keine erotische Fortsetzung geben würde. Schon gar nicht an diesem Abend.

Wir plauderten über dieses und jenes, vor allem über den Naschmarkt mit seinen vielfältigen Angeboten. Irgendwann tauchte Inga aus den Menschenmassen auf, die über den Markt wanderten. Sie wirkte etwas gestresst, als sie sich schließlich zu uns an den Tisch vor dem kleinen Bistro setzte.

„Was für viele Menschen. Schlimmer als sonst", sagte sie. „Hier war kaum ein Durchkommen. Gibt's da drüben was umsonst?"

„Was genau meinst du jetzt?", fragte Oliver.

„Na da hinten diese große Menschentraube. Da musste ich fast gewalttätig werden, um da durchzukommen."

„Menschentraube?", fragte Steffen und sah in die Richtung, aus der Inga gekommen war.

„Ja, all diese Leute da an dem Weinstand. Stehen da, trinken ihren Wein und lassen keinen durch."

„Ein Traube Wein trinkender Menschen?", ergänzte Oliver. „Also eine Weintraube."

Über die Bemerkung musste ich herzlich lachen. Ich liebte solche Wortspiele. Wenn ich mit einem Mann lachen konnte, dann war das eine gute Voraussetzung für dies und das – auch für das. Oliver hatte genau die Art von Humor, die ich mochte. Verstohlen blickte ich ihn über den Rand meiner Kaffeetasse an.

Inga bestellte sich eine Melange und man sah ihr beim ersten Schluck an, wie sehr sie das heiße Getränk genoss.

„Du magst auch am liebsten Milchkaffee?", fragte ich.

„Das ist nicht einfach Milchkaffee", entgegnete sie. „Das ist Wiener Melange."

„Ach ja", sagte ich. „Wiener Melange besteht ja aus Kaffee mit Kakao."

„Kakao? Um Himmels Willen, nein!"

„Ich dachte, das hätte ich mal gelesen."

„Vermutlich in Holland. Die Niederländer nehmen statt heißer Milch Kakao – und nennen es unverschämterweise Wiener Melange. Die echte Wiener Melange macht man anders."

„Nämlich wie?"

„Es muss eine ausgewogene Mischung sein – genau die gleiche Menge an Espresso und Milch. Und obendrauf dann noch viel Schaum."

„Ja", konnte ich mir nicht verkneifen zu entgegnen: „Eine ausgewogene Mischung finde ich auch gut – bei diversen Gelegenheiten."

„Und wenn dann auch noch viel Schaum draufkommt, ist es perfekt", fügte Steffen mit süffisantem Grinsen hinzu.

Inga musste ebenfalls grinsen:

„Du stehst auch nicht auf Partys mit Herrenüberschuss, hm?"

Sie hatte mich völlig richtig verstanden – und den Einwurf meines Liebsten wohl geflissentlich überhört, obgleich der ja in die gleiche Richtung ging. Ich hatte absolut nichts gegen auch größere Gruppensex-Runden. Aber ich mochte es nicht, wenn zu viele einzelne Männer dabei waren. Die konnten manchmal sehr aufdringlich sein. Da war mir eher ein leichter Frauenüberschuss lieber. So etwas kam zwar nur selten vor, aber das hatten wir durchaus schon erlebt. Am besten fand ich es jedoch, wenn das Mann-Frau-

Verhältnis ausgeglichen war. Eben eine ausgewogene Mischung, wie Inga es eben so schön bei der Wiener Kaffeespezialität beschrieben hatte. Dass sie das ebenso sah wie ich, überraschte mich nicht im Geringsten. Das passte zu ihr. Mich wunderte eher, dass sie so etwas ganz offen aussprach. Eigentlich hätte es auch gereicht, sich in Andeutungen zu verständigen.

Aber jetzt war das Thema da und plötzlich waren wir mittendrin in einem Gespräch über die Clubnacht, die wir alle vier erlebt hatten – wenn auch nicht gemeinsam. Genau wie Saskia und Felix bezeichneten auch Inga und Oliver das Frivoli als ihren Lieblingsclub.

„Mit eurem Date hat es aber nicht so richtig gepasst, oder?", fragte Oliver schließlich.

„Nur so halb", entgegnete ich.

„Stimmt", schmunzelte Steffen. „Halb hat es gepasst."

„Seid ihr den beiden da schon mal begegnet?", wollte ich wissen.

„Nicht dass ich wüsste", erwiderte Inga. „Aber wir gehen ohnehin nicht mehr so oft in Swingerclubs, wie wir das früher getan haben. Wir mögen inzwischen private Treffen lieber."

Ich war ziemlich verblüfft, als sich in diesem Moment ein Mann vom Nebentisch zu uns herüberbeugte und ganz ungeniert fragte:

„Tschuldigens, dass ich mich hier einmische. Aber wo genau ist dieser Club, von dem Sie grad gesprochen haben?"

Alle vier starrten wir den Fremden an. Hatte der uns die ganze Zeit über schon zugehört? Es hatte den Anschein.

„7. Bezirk", entgegnete Oliver bewusst unfreundlich. „Und jetzt schleich di!"

Der Mann wandte sich wieder ab und vertiefte sich ins Gespräch mit einem anderen Mann, der mit ihm am Tisch saß. Zumindest tat er so.

„Ist das in Wien normal, dass man sich in Gespräche am Nebentisch einmischt?", fragte Steffen.

„Das ist nirgendwo auf der Welt normal", entgegnete Inga.

„Oaschgsicht, ein deppates", murmelte Oliver mit unfreundlichem Gesichtsausdruck.

Vermutlich waren dem Fremden ein paar Schlüsselbegriffe wie „Swingerclub" oder „Partnertausch" aufgefallen – woraufhin dann wohl sein Interesse geweckt war. Dass man bei Fremden lauschte, kam ja vor, manchmal auch ganz unfreiwillig. Aber dass man sich in deren Gespräch einmischte (noch dazu in ein derart intimes), war schon eine besondere Dreistigkeit.

Wir achteten nun stärker darauf, etwas leiser zu sprechen. Das Thema wechselten wir aber keineswegs. Es war sehr anregend, sich mit diesem erfahrenen Swinger-Paar über die gemeinsame Leidenschaft auszutauschen. Vieles sahen die beiden ähnlich wie wir – wenn natürlich auch nicht alles.

„Wir wurden mal zu einer Privatparty in einem kleinen Städtchen in Niederösterreich eingeladen, die unter dem Motto *Fick in allen Räumen* stand", erzählte Inga. „Aber da haben wir dankend abgelehnt. So ein wahlloses Durcheinander wäre nichts für uns. Für euch vermutlich auch nicht, denke ich mal."

Möglicherweise lief ich jetzt ein wenig rot an. So etwas hatten wir ja tatsächlich schon erlebt – auch mehrfach. Einmal waren bei einer Party alle Damenslips unter den Herren verlost worden. Und die Besitzerinnen mussten sie sich gegen eine entsprechende Gegenleistung bei den Männern wieder abholen. Das war tatsächlich eine Party unter dem Motto *Fick in allen Räumen* – auch wenn dieses Motto so nicht ausdrücklich genannt worden war. Aber es hätte zu dieser Party durchaus gepasst. Es war wirklich überall gevögelt worden. Sogar im Kinderzimmer, wo ich mich gefragt hatte, ob die zur Oma verfrachtete Tochter, wohl ahnen mochte, was ihre Puppenprinzessin da so alles zu sehen bekam. Ich hoffte nicht. Aber diese Geschichte habe ich an anderer Stelle bereits erzählt.

Weder Steffen noch ich entgegneten etwas zu dieser Bemerkung, aber unser verhaltenes Lächeln war wohl Antwort genug. Jedenfalls sah mich Inga durchdringend an und schmunzelte. Ich fühlte mich irgendwie ertappt. Man musste bei dieser feinfühligen Frau gar nicht viel aussprechen. Sie konnte zweifellos aus Mimik und Gestik das Richtige herauslesen.

„Ihr habt sehr schöne Bilder in eurem Joyclub-Profil", sagte Oliver irgendwann. „Und wir haben uns auch gefreut, euch in unserer Besucherliste zu entdecken."

„Danke für das Kompliment", entgegnete ich höflich. „Ihr habt auch schöne Fotos in der Galerie. Sehr stilvoll."

Damit entlockte ich Inga ein versonnenes Lächeln. Mein kleines Kompliment kam offensichtlich gut bei ihr an.

„Ihr geht gern joggen?", fragte sie.

Damit spielte sie auf ein Selfie an, das wir mal nach einem langen Waldlauf von uns gemacht hatten. Darauf waren wir beide völlig durchgeschwitzt zu sehen. Und da mein Laufshirt nass an meinem Körper klebte, war mein Liebster der Ansicht, dass das sehr erotisch wirke und somit gut in unsere Galerie passen könnte. Ich war zwar nicht unbedingt dieser Meinung, denn mein Sport-BH unter dem Shirt ließ nicht wirklich viel erkennen, aber ich widersprach nicht. Wenn der Mann der Meinung war, dass das für männliche Augen sexy wirkte, dann durfte das gern Eingang in unser Profil finden. Vermutlich würden andere Männer das ähnlich bewerten wie mein Liebster.

„Ja, das mögen wir beide gern. In Hannover gibt es einen großen Stadtwald, in dem man wunderbar laufen kann. Wir wohnen da ganz in der Nähe und nutzen das reichlich", entgegnete ich.

„Was man euch ansieht", stellte Oliver fest und bedachte mich mit einem geradezu abtasten Blick.

Steffen hatte schon recht. Die beiden hatten mehr im Sinn als Kaffeetrinken. Zumindest bei Oliver war das der Fall – da war ich mir inzwischen doch sehr sicher.

„Ihr habt nicht zufällig Laufsachen im Gepäck?", fragte Inga.

„Wir haben immer Laufsachen im Gepäck", entgegnete ich, bevor Steffen etwas Falsches sagen konnte.

„Seid ihr schon mal in einem Schlosspark gelaufen?"

„Schönbrunn?"

„Schönbrunn. Wir wohnen da gleich nebenan. Und wir gehen da gern joggen. Am späteren Nachmittag, wenn sich die Touristenmassen etwas ausdünnen, geht das ganz gut. Vielleicht habt ihr Lust, dass wir mal gemeinsam laufen? Ihr seid ja noch ein paar Tage hier, wenn ich recht verstanden habe."

Ich war mir nicht ganz sicher, ob wir nach ausgedehnten Streifzügen durch Wien tatsächlich am Nachmittag auch noch joggen wollten. Andererseits war es völlig korrekt, was ich gesagt hatte: Joggingsachen gehörten tatsächlich zu unserem Standardgepäck. Dafür brauchte es ja nicht viel: Laufschuhe, Shorts, Shirt, Sport-BH – fertig. Das hatten wir im Urlaub immer dabei. Ob wir dann auch tatsächlich zum Laufen kamen, war eine andere Frage. Manchmal ja, manchmal nein.

Mich wunderte im ersten Moment jedoch, dass Inga und Oliver diesen Vorschlag machten. Wenn sie Interesse an einer Swinger-Begegnung mit uns hatten (wovon ich ausging), dann wäre eigentlich eher eine Einladung zum Abendessen in ihrer Wohnung zu erwarten gewesen. Aber im zweiten Moment, wurde mit klar, warum Inga diesen eher ungewöhnlichen Vorschlag vielleicht gemacht hatte: Natürlich hatte sie während unseres Smalltalks sehr genau die Blicke registriert, mit denen mein Mann sie belegt hatte. Und das waren andere Blicke, als die, die ich von Oliver erhalten hatte. Inga hatte vermutlich den Eindruck, dass Steffens Interesse an ihr deutlich kleiner war, als das Interesse ihres Mannes an mir. Wenn sie jetzt eine Einladung zum Abendessen aussprachen und einen Korb erhielten, dann wars das. Joggen war da unverfänglicher. Joggen war Joggen und kein Sex. Aber man behielt damit die Option auf mehr.

Offenbar hatte Inga ebenso viel Lust auf meinen Mann wie ihr Mann auf mich – und ich auf ihn, wie mir im Laufe dieses ausgedehnten Kaffee-Smalltalks, bei dem wir längst zu Weißwein gewechselt waren, immer klarer wurde.

Schade, dass mein Liebster offenbar eine Macke mit dem Alter von Frauen entwickelte. Hoffentlich wurde die nicht noch schlimmer. Denn damit würde sich unser Beuteschema doch ganz erheblich verengen.

Von Joggern und Swingern

Immerhin hatte Steffen nichts gegen den gemeinsamen Lauf durch den Schlosspark einzuwenden, zu dem wir uns nun für den nächsten Tag verabredeten. Ich hatte eigentlich erwartet, dass unsere neuen Bekannten uns zu sich bitten würden, damit wir uns bei ihnen vor und nach dem Laufen umziehen konnten. Schließlich wohnten sie nah am Park, während wir ein paar Stationen mit der U-Bahn fahren mussten. Zudem hätte ein gemeinsames Umziehen und Duschen nach dem Lauf ja auch noch ganz andere Aktivitäten einleiten können.

Aber diese Einladung blieb aus. So zogen wir uns schon im Hotel die Sportsachen an und fuhren in diesem Outfit mit der U-Bahn von der Pilgramgasse nach Schönbrunn, wo wir die zwei am Eingang zum Schlosspark trafen. Sollten sie uns nach dem Laufen dann doch noch einladen, würden wir erst ins Hotel zurückkehren müssen, um zu duschen und uns umzuziehen. Zumindest hatte Steffen inzwischen zugestimmt, dass wir eine Einladung zu den beiden nicht ausschlagen würden – auch wenn er infrage stellte, dass zwischen ihm und Inga etwas laufen würde.

„Und zwischen Oliver und mir?", fragte ich ihn.

„Das kann ich dir ja wohl schlecht verwehren."

„Das finde ich eigentlich auch. Immerhin habe ich da noch etwas gut bei dir."

„Du hast etwas gut? Wofür jetzt genau?", fragte er und schien ernsthaft überlegen zu müssen.

„Für Saskia", entgegnete ich – was ihm das Lächeln des Ertappten entlockte.

Ganz selbstverständlich war es tatsächlich nicht gewesen, dass ich ihm die Freigabe für den Alleingang mit der schönen Wienerin gegeben hatte. Dass ich währenddessen ebenfalls in den Genuss eines geilen Quickies gekommen war, empfand ich als unerheblich. Denn das war nun wirklich nicht abzusehen gewesen, als ich die beiden hatte ziehen lassen. Normalerweise hatten wir die Regel beim Swingen, dass wir die Dinge gemeinsam machten. Allerdings gab es auch immer mal wieder Ausnahmen von dieser Regel. Und die letzte Ausnahme dieser Art hatte dunkelblonde Haare, eine beeindruckende Oberweite und trug den Namen Saskia.

Ich hoffte, dass unsere Joggingrunde ein eher lockerer Trab werden würde – auch mit Blick auf meinen großen Zeh, den ich in den vergangenen Tagen beim vielen Pflastertreten ein bisschen wundgelaufen hatte. Aber ich vertraute darauf, dass das Blasenpflaster, das ich über die empfindliche Stelle geklebt hatte, seinen Dienst tun würde. Das hatte mich schon mehrfach gerettet – vor allem beim Wandern oder beim Skifahren. Warum sollte das nicht auch beim Joggen funktionieren. Glücklicherweise erfüllte das Blasenpflaster diese Erwartung.

Da unsere neuen Bekannten im Gegensatz zu uns den Schlosspark kannten, überließen wir ihnen die Führung. Sie hatten hier ihre Laufwege, auf die wir uns einstellen würden. Wir hatten uns auf eine ungefähr zehn Kilometer lange Strecke geeinigt, was auch unserer normalen Runde im hannöverschen Stadtwald entsprach.

Tatsächlich begannen Inga und Oliver mit einem gemächlichen Trab, der uns vorwiegend über Kieswege führte. Das war ein angenehmes Tempo, das mich über zehn Kilometer nicht übermäßig fordern würde. Es ließ mir auch noch ausreichend Muße, Ingas schönen Po zu betrachten, der sich in ihrer engen Laufhose gut abzeichnete. Hatte sie eigentlich eine Bi-Neigung? Ich konnte mich in diesem Moment nicht so recht erinnern, was dazu in ihrem Joyclub-Profil stand. Auch Olivers Hinterteil war schön anzusehen, während er vor uns herlief. Ich war mir sicher, dass auch Steffen Inga auf den Po sah. Das machte er immer, wenn sich der Anblick lohnte – was bei Inga definitiv der Fall war. Vielleicht bekam er ja doch allmählich Lust auf die anderthalb Jahrzehnte ältere Frau. Ich ertappte mich dabei, dass ich mir genau das wünschte. In mein Kopfkino schob sich das Bild meines nackten Mannes zwischen den Beinen dieser Frau vor uns. Das Bild gefiel mir.

Als wir wohl so ungefähr zwei bis drei Kilometer hinter uns hatten, steigerten die beiden das Tempo. Auch das war noch nicht zu heftig für uns, aber zumindest mich forderte das schon deutlich stärker als das ruhige Warmlaufen. Steffen war besser trainiert als ich, doch auch sein Atem beschleunigte sich merklich.

Schließlich bogen unsere Laufpartner auf einen Weg mit ernsthafter Steigung ein. Einem Österreicher hätte es vermutlich ein müdes Lächeln entlockt, wenn man hier von einem Berg gesprochen hätte. Aber für mein Empfinden der norddeutschen Flachländerin ging es doch ordentlich nach oben – und das ein ganzes Stück. Zu meiner Überraschung zogen Inga und Oliver ausgerechnet auf dieser Steigung abermals das Tempo an. Der Abstand zu den beiden nett anzusehenden Hinterteilen wurde zunehmend größer.

Sicherlich nahm Steffen Rücksicht darauf, dass ich nicht ganz so schnell war wie er, aber auch er hätte auf dieser Steigung beim Zwischenspurt unserer Freunde wohl nicht mitgehalten können. Jedenfalls kamen wir beide ziemlich geschafft oben bei der Gloriette an, wo Inga und Oliver locker tänzelnd auf der Stelle liefen. Steffen sah etwas unglücklich aus. Offensichtlich behagte es ihm gar nicht, dass jemand beim Joggen auf ihn warten musste. In Ingas Blick erkannte ich hingegen ein überlegenes Funkeln. Offensichtlich gefiel es ihr, dass sie uns abgehängt hatten.

„Alles gut?", fragte sie.

Doch ohne eine Antwort abzuwarten, lief sie weiter. Oliver schloss sich sofort an und wir auch. Was blieb uns auch anderes übrig? Glücklicherweise ging es jetzt nicht weiter bergauf. Wir waren hier bereits am höchsten Punkt des Parks, und man hatte einen fantastischen Ausblick auf das Schloss und darüber hinaus auf die dahinterliegenden Stadtteile. Allerdings realisierte ich das erst zwei Tage später, als wir Schönbrunn noch einmal mit mehr Muße erwanderten. Jetzt beim Joggen heftete sich mein Blick umgehend wieder an Ingas und Olivers Hinterteile, zu denen ich nicht den Kontakt verlieren wollte – was im weiteren Verlauf auch so halbwegs gelang. Nur auf der Zielgeraden steigerten die beiden noch einmal das Tempo. Steffen nahm jetzt keine Rücksicht mehr auf mich und versuchte mitzuhalten – was ihm aber auch nur fast gelang. Mir gelang das gar nicht. Ich war vollkommen platt, als wir alle vier wieder in der Nähe des Parkeingangs eintrafen, wo wir unseren Lauf begonnen hatten.

Vor allem war ich beeindruckt, dass auch Inga das hohe Tempo ihres Mannes gut durchgehalten hatte.

„Sportlich wie Sisi", merkte ich noch immer keuchend an.

„Wie Sisi? Um Himmels Willen! Ich bin doch nicht magersüchtig", entgegnete sie.

„Da kennt sich aber jemand mit österreichischer Geschichte aus", warf Oliver ein.

„Wir waren in der Hofburg", entgegnete ich. „Da gibt es dieses Sportzimmer, in dem Sisi sich in Form gehalten hat. Und wie ich hörte, waren ihre schnellen Spaziermärsche bei den Hofdamen ziemlich gefürchtet, weil die immer Mühe hatten, bei dem Tempo der Kaiserin mitzuhalten."

„Weißt du was", sagte Inga, während sie ihre Dehnübungen machte, was in ihrem hautengen Laufdress katzenhaft geschmeidig aussah: „Ich bin 1,72 groß – zufälligerweise genau wie Sisi. Aber unsere legendäre Kaiserin hat wohl zeitweise zehn Kilo weniger gewogen als ich."

„Zehn Kilo weniger? Wo sollte man die denn bei dir wegnehmen?", fragte Steffen ernsthaft verblüfft.

„Ich sage doch: Sisi war magersüchtig", entgegnete Inga.

„Ich bekomme manchmal bei Facebook Angebote für eine Bodychallenge", sagte ich. „Da soll ich dann auch zehn Kilo abnehmen."

„Wenn du zehn Kilo abnimmst", erwiderte Steffen, „dann lasse ich dich zwangsernähren!"

Ich lächelte meinen Mann verliebt an. Das war ein schönes Kompliment. Aber ich ging nicht weiter darauf ein.

„War Sisi wirklich magersüchtig?", wollte ich wissen.

„Ja, war sie", bestätigte Inga. „Ist ja auch kein Wunder bei den Lebensbedingungen im Goldenen

Käfig. Aber einen kleinen Schaden hatte sie wohl auch schon mitgebracht aus ihrem kaputten Elternhaus. Jedenfalls war ihr ihre Figur extrem wichtig. Sie wollte nicht nur schön sein, sie wollte wohl allen Ernstes die schönste Frau der Welt sein."

„Dazu hätte sie dann aber erst mal zehn Kilo zunehmen müssen", entgegnete Steffen.

Inga lächelte ihn an. Die charmante Äußerung war gut angekommen bei ihr.

Wir alle waren inzwischen wieder in einem halbwegs normalen Ruhepuls, aber ich spürte den schnellen Lauf im ganzen Körper. Von wegen ruhiger Trab! Ich hatte zeitweise die besorgniserregende Fantasie gehabt, von den anderen abgehängt zu werden und mutterseelenallein durch den riesigen Park irren zu müssen. Vor meinem geistigen Auge tauchte die Schlagzeile einer Wiener Boulevardzeitung auf, die das Auffinden einer seit Tagen vermissten deutschen Touristin vermeldete, welche völlig verwahrlost und desorientiert zwischen den Hecken des Schlossparks Schönbrunn dahinvegetiert hatte. Ich schüttelte mich und wurde den skurrilen Gedankenblitz glücklicherweise schnell wieder los.

„Wisst ihr, was Swingen und Joggen gemeinsam haben?", fragte ich – wobei ich mich vorsichtig umsah, ob wir nicht wieder ungebetene Mithörer hatten, die womöglich beim Schlüsselbegriff „Swingen" aufmerksam wurden. Das schien aber nicht der Fall zu sein.

„Verrat es uns", entgegnete Oliver.

„Der Langsamere bestimmt das Tempo. Sonst geht man sich verloren."

Inga und Oliver lächelten verhalten. Sie waren vermutlich stolz darauf, dass sie beide trotz ihres deutlich höheren Alters offensichtlich besser trainiert waren als wir. Zugleich hatte ich ihnen mit meiner Bemerkung aber wohl auch ein schlechtes Gewissen beschert – zumindest ein wenig.

„Den Anstieg zur Gloriette nutzen wir immer zu einem Zwischenspurt", sagte Inga. „Und zu einem Wettlauf. Es ist nie ausgemacht, wer als erster und wer als letzter oben ankommt."

„Wer heute als letzter oben ankommen würde, war von vornherein ausgemacht", entgegnete ich.

„Klingt so, als ob ihr beide sehr auf einem Level seid", merkte Steffen an.

„Das ist so", bestätigte Oliver.

„Beim Joggen oder beim Swingen?", warf ich ein.

„Da gibt es ja Gemeinsamkeiten, wie wir soeben erfahren haben", entgegnete Inga.

Jetzt grinsten wir uns alle vier an. Offensichtlich gefiel allen in dieser Viererrunde das kleine Wortgeplänkel vom Joggen und Swingen. Na los, flüsterte meine Erotikfee. Jetzt sollen sie euch endlich für heute Abend einladen. Aus mir unbegreiflichen Gründen zögerten sie damit aber noch immer. Hatte sich Inga Tags zuvor auf dem Naschmarkt von Steffens Zurückhaltung ihr gegenüber derart abschrecken lassen? Ich beschloss, sie zu einer Einladung zu ermutigen:

„Und was bringt für euch der Tag heute noch so?", fragte ich wie beiläufig.

„Eigentlich nichts Besonderes", erwiderte Inga.

Aha – das klang schon mal gut.

„Erst mal nach Hause und duschen", fügte Oliver an.

Wir würde euch glatt begleiten und dabei Gesellschaft leisten, dachte ich und schmunzelte innerlich. Ist die Dusche groß genug?

„Und dann müssen wir uns auch schon ein bisschen beeilen. Wir sind um 20 Uhr bei Kollegen zum Abendessen eingeladen", fügte er hinzu.

Ups – das war nicht so ganz die Antwort, die ich erwartet hatte.

Anregungen

Ein paar Minuten später standen Steffen und ich an der Haltestelle der U-Bahn. Wir hatten zwar nicht ausdrücklich einen gemeinsamen Abend mit Inga und Oliver vorgeschlagen, aber dennoch fühlte es sich an, als hätten wir einen Korb bekommen. Das war ein seltsames Gefühl – weit seltsamer, als kurz darauf mit verschwitzten Joggingsachen durch die Hotelhalle zum Aufzug zu gehen. Ich hatte mich doch sehr darauf eingestellt, mit diesem interessanten Mann einen erotischen Abend zu verbringen. Steffen nahm die Sache mit mehr Gleichmut hin als ich. Normalerweise war das umgekehrt, wenn wir mal bei einem Paar nicht landen konnten, das wir ins Visier genommen hatten.

Aber immerhin hatten wir einen wundervollen Lauf gehabt, was nicht nur für den Körper, sondern auch immer für die Seele eine Wohltat war. Auch dass mein großer Zeh sich während der schnellen Runde durch den Schlosspark nicht gemeldet hatte, war schön gewesen. Allerdings war das Blasenpflaster im Laufschuh eine intensive Symbiose mit der Socke eingegangen, wie ich beim Ausziehen feststellte.

Als wir beide geduscht hatten, zog Steffen mich aufs Bett und schlief mit mir. Während er mich mit gefühlvollen Stößen nahm, musste ich unwillkürlich an Oliver denken. Ich war mir noch immer sicher, dass er Lust hatte auf mich. Tja, da zwischen meinen Beinen könntest jetzt du liegen, sagte ich in Gedanken zu ihm.

Mein Liebster brauchte nicht lange, mich zu einem wundervollen Höhepunkt zu bringen. Und als er kurz darauf in mir kam, hatte ich unsere Wiener Bekanntschaft auch schon wieder vergessen. Vorerst jedenfalls.

Für den kommenden Tag nahmen wir uns die Gegend östlich der Innenstadt vor: Prater mit dem berühmten Riesenrad, Uno-City, Donauturm – auch hier gab es eine Menge zu entdecken, und ich war aufs Neue begeistert von Wien. Als wir am Nachmittag über die Donauinsel wanderten, die den eigentlichen Fluss von einem ruhigen Nebenarm trennte, sah ich mich unwillkürlich nach Saskia um. Sie und Felix wohnten hier in der Gegend, sie hatte erzählt, dass sie hier gern laufen ging. Mehrfach begegneten wir Joggern, und ich hatte zuweilen die Fantasie, dass das die Frau sein könnte, mit der mein Mann Samstagnacht im Frivoli so hingebungsvoll gevögelt hatte. Aber es blieb bei der Fantasie. Dafür kam mir ein anderer Gedanke.

„Hier könnte ich eigentlich ein Kapitel in meinem neuen Roman spielen lassen", überlegte ich laut.

Kurz vor unserem Urlaub hatte ich angefangen, ein neues Buch zu konzipieren – keine Tagebuch-Geschichte, sondern einen erotischen Roman. Allerdings war die Struktur noch sehr in der Schwebe. Ich notierte mir immer wieder neue Gedanken, die ich dann teilweise auch wieder verwarf. Sehr fruchtbar dabei war der Austausch mit Steffen. Er hatte oft gute Anmerkungen zum Plot einer Geschichte oder auch dem Verlauf einer Szene.

„Das muss ich mir notieren, bevor die Idee wieder verschwindet", sagte ich und zückte mein Handy.

Da ich jetzt keine Lust hatte, unsere kleine Wanderung über die Donauinsel mit dem Eintippen eines Textes zu unterbrechen, sprach ich mir beim Weitergehen einfach eine Notiz in die Diktiergerät-App:

„Larissa lernt in Wien einen Kollegen kennen. Es ist ein heißer Sommertag, und die beiden gehen zum Schwimmen an die Donau. Da keiner von ihnen Badesachen dabei hat, natürlich nackt. Und am Ende ficken die beiden miteinander."

Als ich gerade beim letzten Satz war, überholte uns ein Radfahrer. Er drehte sich irritiert zu uns um.

„Da hat wohl jemand etwas von deinen literarischen Notizen mitbekommen", sagte Steffen schmunzelnd.

„Sieht so aus", bestätigte ich leicht verlegen.

„Ich dachte, die Protagonistin in deinem Roman lebt in Hamburg."

„Ja, aber sie macht viele Dienstreisen. Eine davon könnte sie ja auch nach Wien führen."

„Und dann hat sie hier ein erotisches Erlebnis?"

„Sie hat auf jeder Dienstreise erotische Erlebnisse. Nicht zuletzt davon lebt die Geschichte."

„Hast du schon eine Idee für den Titel?"

„Mein Arbeitstitel ist *Sex im Hotel*. Aber das ist natürlich viel zu platt. Es geht ja um mehr als nur um häufig wechselnden Sex. Das eigentlich Spannende an der Geschichte ist das Bettverhältnis mit ihrem Chef. Da fällt mir noch etwas Besseres ein."

„Mit Sicherheit", entgegnete mein Liebster.

Während ich erneut in Gedanken verfiel und mir beim Weitergehen die teilweise recht naturnah belassene Landschaft ansah, summte Steffens Handy. Er zog es aus der Tasche und las die Textnachricht.

„Na, wer hat Sehnsucht nach dir?" fragte ich.

„Dein verhinderter Lover", entgegnete er und zeigte mir die WhatsApp.

Tatsächlich war die Nachricht von Oliver. An den hatte ich nicht mehr gedacht, seit Steffen ihn mir am Abend zuvor aus den Gedanken gefickt hatte. Irgendwie hatte ich ihn und seine Frau schließlich doch abgehakt.

Hallo ihr zwei, wir hoffen, ihr habt euch von unserer Runde durch den Schlosspark gut erholt? Falls ihr heute Abend noch nichts vorhaben solltet: Wie wäre es mit Abendessen bei uns? Liebe Grüße, Inga und Oliver

Sieh mal einer an. Die Verabredung mit den Kollegen am Abend zuvor war wohl doch nicht vorgeschoben, wie ich insgeheim unterstellt hatte.

„Und?", fragte ich. „Haben wir schon etwas vor?"

„Nicht dass ich wüsste", entgegnete mein Liebster. „Außerdem hast du ja etwas gut bei mir."

So ist es, flüsterte meine Erotikfee, während Steffen eine freundliche Zusage in sein Smartphone tippte und nach Uhrzeit sowie Adresse fragte.

Auf dem Weg zum Hotel gingen wir noch kurz in einen Supermarkt, um eine Flasche Wein zu kaufen. Irgendetwas musste man ja mitbringen, wenn man zum Abendessen eingeladen war. Als wir durch den Laden schlenderten, stellte ich fest, dass wir in einer ganz besonderen Stimmung waren – einer Stimmung, in der wir dazu neigten, selbst ganz profane Dinge durch eine erotische Brille zu betrachten. Ob das nun eine Folge der Nacht im Frivoli war oder das Vorfreude-Prickeln mit Blick auf den bevorstehenden Abend (das zumindest bei mir fraglos vorhanden war), sei dahingestellt. Jedenfalls kamen wir an einem Regal mit Haushaltstüchern vorbei. Und eine Marke hatte den Namen „Das Saugwunder".

„Na, das wünscht sich doch jeder Mann, oder?", entfuhr es mir spontan, als ich eine Packung davon in die Hand nahm.

Steffen quittierte meine süffisante Aussage mit hintergründigem Lächeln und der charmanten Bemerkung: „Natürlich wünscht sich das jeder Mann. Aber nicht jeder Mann hat eine solche Frau wie ich."

Verstohlen sah ich mich um. Hatte uns vielleicht mal wieder jemand belauscht? Glücklicherweise waren wir in dem Moment aber allein zwischen diesen Regalen.

Als wir endlich zum Wein vorstießen, waren wir etwas unschlüssig. Mit den Sorten hier konnten wir nicht viel anfangen. So griffen wir zu einem etwas höherpreisigen spanischen Rotwein – einem Reserva, bei dem man vermutlich nicht viel falschmachen konnte. Wobei ich es als einen gewissen Stilbruch empfand, dass ein Preisschild auf der Flasche selbst klebte. Und nicht nur eins, sondern sogar zwei.

„Da hatte die Etikettiermaschine wohl einen Schluckauf", merkte Steffen an.

„Vielleicht ja aber auch ein dezenter Hinweis vom Universum."

„Was für einen Hinweis meinst du?"

„Ein Hinweis für ein bevorstehendes Doppel."

Jetzt lächelte mein Liebster nicht hintergründig, sondern grinste breit. Er liebte solche Wortspiele ebenso wie ich. Wobei es für den bevorstehenden Abend ja keineswegs ausgemacht war, ob es tatsächlich ein Doppel geben würde. Selbst nach der gemeinsamen Joggingrunde, bei der Inga in ihren en-

144

gen Laufsachen nicht nur sportlich, sondern auch ungemein sexy gewirkt hatte und Steffen immer wieder seinen Blick an ihr schönes Hinterteil geheftet hatte, saß bei ihm wohl noch immer ein Gedanke quer. Und dieser Gedanke bestand aus einer Zahl: 53. Mein Mann konnte oder wollte sich offenbar nicht mit der Vorstellung anfreunden, mit einer 14 Jahre älteren Frau Sex zu haben. Eine Frau, die anderthalb Jahrzehnte älter sei als er, sagte er ganz offen, interessiere ihn nur begrenzt. Dass er es wenige Tage zuvor mit einer Frau getrieben hatte, bei der der Altersunterschied zwischen ihm und ihr fast ebenso groß war (nämlich 13 Jahre), schien er komplett auszublenden. Vermutlich ganz einfach deshalb, weil der Abstand in die andere Richtung ging. Das war für ihn wohl vollkommen normal – gewissermaßen naturgegeben. Männer!

Eigentlich kannte ich eine solche Macke von ihm bisher nicht. Zehn Jahre zuvor hatten wir mal in einem Swingerclub Sex mit einem älteren Paar gehabt, wo der Altersunterschied sogar noch größer gewesen war. Damals war Steffen Ende 20 und die Frau Mitte 40 gewesen – und mein Liebster hatte sich ebenso wenig an diesem Unterschied gestört wie ich gegenüber ihrem Mann. Alter war für mich schon immer lediglich eine Zahl, wenn alles andere passte. Steffen sah das zunehmend anders. Schade.

Ich hielt es für durchaus denkbar, dass ich an diesem Abend Sex mit Oliver haben würde, während seine Frau und mein Mann uns lediglich zusahen. Wenn überhaupt. Natürlich hatte ich keine Ahnung, ob das für Inga überhaupt in Ordnung gehen würde. Viele Swingerpaare hatten ja die Devise „beide oder keiner". Das war bei uns nicht unbedingt der Fall. Jedenfalls mittlerweile nicht mehr. Wir empfanden es zwar als besonders reizvoll, wenn es einen direkten Partnertausch gab und ein fröhliches Durcheinander zu viert (oder auch mehr) entstand, aber wir beide empfanden auch große Lust, dem jeweils anderen einfach nur beim Fremdsex zuzusehen.

Im Hotel duschten wir, ich legte einen Duft auf, der mir passend erschien und stand dann vor der alles entscheidenden Frage: Was ziehe ich an? Natürlich gab mein Koffer längst nicht eine so große Auswahl her wie mein Kleiderschrank zu Hause. Aber ein paar unterschiedliche Möglichkeiten hatte ich dann doch. Am Ende entschied ich mich für einen hellblauen Rock, der allerdings nicht allzu kurz war, sowie eine dünne, altweiße Bluse. Dazu die neuen Pumps, die ich zwei Tage zuvor in der Wiener Innenstadt gekauft hatte. Die passten farblich zwar nicht perfekt zum Rest, aber ich befand, dass es gerade so eben ging. Vor allem hatte ich Lust auf meine neuen Schuhe. Als ich einen Slip anzog, sah Steffen mich grinsend an und sagte:

„Wie langweilig. Unten ohne steht dir besser. Du weißt doch: Weniger ist mehr."

„Schatz, wenn dieser Slip irgendetwas nicht ist, dann ist es langweilig."

Daraufhin lupfte ich meinen Rock, sodass er einen Blick auf meine schwarze, beinahe durchsichtige Panty hatte, die ich vor Kurzem erst neu gekauft hatte.

„Na gut", räumte er ein: „Manchmal ist auch mehr mehr."

Ob Oliver das wohl ebenso bewerten würde? Ich war gespannt darauf, es herauszufinden. Und ich freute mich, dass Steffen mir immerhin Ratschläge für ein sexy Outfit gab. Möglicherweise freute er sich ja inzwischen darauf, mir bei einem Alleingang zuzusehen. Auch er zog sich mit schwarzer Stoffhose und weißem Oberhemd etwas stilvoller an, als er das normalerweise tat. Wien hatte offenbar eine gewisse Wirkung auf ihn.

Getrennte Räume

Die Wohnung von Inga und Oliver befand sich im zweiten Stock eines gepflegten Altbaus in der Nähe des Schlossparks, in dem man so wunderbar lauen konnte. Die Räume waren hoch und hell, das alte Eichenparkett knarrte bei jedem Schritt, den man machte. Das große Wohnzimmer bestand genau genommen aus zwei Räumen, die sich mit einer Schiebetür trennen ließen, welche im geöffneten Zustand komplett in der Wand verschwand. In einem der der beiden Räume befand sich eine Schreibtischecke, die von hohen, gut gefüllten Bücherregalen umgeben war. An anderen Wänden fanden sich weitere Bücherregale. Mehreren großen Topfpflanzen, die sich zum Teil bis zur Decke rankten, schien das Licht, das durch die hohen Fenster hereinfiel, gut zu bekommen. Das Highlight war für mein Empfinden jedoch der Flügel, der einen Teil des Wohnzimmers beherrschte. Der Deckel war halb geöffnet, sodass man die Saiten sehen konnte. Es machte den Eindruck, als habe gerade noch jemand auf dem Instrument gespielt.

Eine großzügige Sofalandschaft in U-Form rundete den stilvollen Eindruck ebenso ab wie die Kunstdrucke an der Wand. Das berühmte Kuss-Bild von Gustav Klimt konnte ich zuordnen. Dass die beiden anderen Bilder von August Macke waren, musste Inga mir erst verraten.

Vor einem weiteren Bild im Flur blieb ich etwas länger stehen. Es zeigte einen Soldaten in kaiserlicher Uniform, der streng in Richtung des Malers blickte. Bevor ich fragen konnte, gab Inga uns bereits eine Erklärung dazu:

„Mein Urgroßvater", sagte sie. „Es sieht zwar so aus, aber so richtig stolz soll er nicht auf seine Uniform gewesen sein. Trotzdem hat er sich darin malen lassen. Sympathisch an ihm fand ich vor allem, dass er im Ersten Weltkrieg desertiert ist. Er hat sich wohl so seine eigenen Gedanken gemacht und dann beschlossen, den ganzen Irrsinn nicht länger mitzumachen."

„Das ist ungewöhnlich für die Zeit", entgegnete ich. „Aber auch sympathisch. Auf die Idee wäre ich bei dem streng dreinblickenden Mann nicht gekommen. Im ersten Moment dachte ich, das wäre Erzherzog Franz Ferdinand."

„Wer bitte sehr ist Erzherzog Franz Ferdinand?", fragte Steffen.

„Du hast seine durchlöcherte Uniform im Museum gesehen", erwiderte ich.

„Ach der."

„Ihr wart im Heeresgeschichtlichen Museum?", fragte Inga.

„Ja, bestätigte ich. „Ich bin Historikerin. Da kann man sich so etwas ja nicht entgehen lassen, wenn man schon mal in Wien ist."

Inga bedachte mich mit einem anerkennenden Lächeln und wir wanderten weiter über das knarrende Eichenparkett. Ich war einigermaßen beeindruckt von der Wohnung. Auch dass die Sofalandschaft, auf der man es sich zum Fernsehen oder Lesen (oder wofür auch immer) gemütlich machen konnte, sehr modern war, störte diesen Eindruck nicht im Geringsten. Hier passte alles zusammen und wirkte stilvoll frisch. Wir waren schon bei Swinger-Paaren unseres Alters zu Gast gewesen, deren Einrichtungsstil eher an die rustikale Wohnung meiner Großeltern erinnerte. Das war hier ganz anders. Hier hätte ich direkt einziehen und mich wohlfühlen können. Diese Altbauwohnung strahlte eine moderne, unaufdringliche Eleganz aus.

„Wer ist denn bei euch so musikalisch?", fragte ich mit Blick auf den eindrucksvollen Flügel.

„Inga", entgegnete Oliver. „Wer sonst?"

„Gibst du uns eine Kostprobe?", fragte Steffen.

„Jetzt nicht", entgegnete sie lächelnd. „Vielleicht später."

Kurz blitzte vor meinem geistigen Auge die klavierspielende Inga auf. Eigentlich trug sie dafür ein passendes Outfit: Es war ein langes, dunkelgraues Kleid. Es lag zwar nicht ganz so eng an wie ihre Laufsachen, aber ich hatte doch den Eindruck, dass sie nichts darunter trug. Dass sie auf den BH verzichtet hatte, war offenkundig. Aber den brauchte sie bei ihrer eher kleinen Oberweite auch nicht. Das Dekolletee erlaubte leichte Einblicke, wenn auch nicht allzu sehr.

Da war meine Bluse deutlich offenherziger. Im Gegensatz zu Inga trug ich einen BH, der meine Brüste vielleicht ein wenig größer wirken ließen, als sie tatsächlich waren. Ganz sicher war ich mir zwar nicht, ob das der Fall war, aber ich registrierte mit einer gewissen Genugtuung mehrfach Olivers Blicke in genau diese Richtung. Natürlich wusste er ja von unserem Joyclub-Profil und auch vom Abend im Frivoli wie ich nackt aussah. Aber eine entsprechende Verpackung mochte dennoch den Reiz erhöhen. Vor allem, wenn ein Mann sich Chancen ausrechnete, diese Verpackung öffnen zu dürfen.

Als Inga uns nun in die Küche bat und dabei vorausging, fiel mein Blick auf ihren Po. Ja, eindeutig: Ich war mir jetzt sehr sicher, dass sie keinen Slip trug. Sollte sie im Laufe des Abends ihr Kleid (auf welche Weise auch immer) verlieren, würde sie nackt sein oder allenfalls noch ihre Pumps tragen. Ich war gespannt, ob das passieren würde. Verstohlen sah ich meinen Mann an, dessen Blick aber eher neutral wirkte. Ob sich das wohl noch ändern würde?

Die Küche war ähnlich geräumig wie die unserer eigenen Wohnung in Hannover. Jedenfalls war sie groß genug für den Esstisch, der hier stand – genau wie das bei uns der Fall war.

„Ich finde es schöner, wenn der Esstisch in der Küche steht, sonst dominiert er mir zu sehr das Wohnzimmer", merkte Inga an.

Das sah ich ganz genauso. Offenbar gab es auch außer dem Laufen und dem Swingen einige weitere Gemeinsamkeiten bei uns, dachte ich schmunzelnd, während ich mich in der Küche umsah. Dabei fiel mein Blick auch auf eine Pinnwand mit allerlei Karten, zum Teil Ansichtskarten, zum Teil Geburtstagsglückwünsche oder ähnliches. Auch wir neigten dazu, besonders schöne Karten, die wir erhalten hatten, an eine Pinnwand zu heften. Ich entdeckte eine Karte, auf der ein Baby abgebildet war, das neugierig strahlend den Kameramann anblickte.

„Darf ich?", fragte ich und Oliver nickte. „Die Karte haben uns vor 24 Jahren liebe Freunde zur Geburt unserer Tochter geschickt – oder genauer gesagt: Sie haben sie an unsere Tochter geschrieben."

Ich nahm die Karte von der Pinnwand und drehte sie um. Zweifellos, der Text richtete sich an das neugeborene Kind der beiden:

„Liebe Sophie", las ich da. „Herzlich willkommen in dieser Welt. Wir wünschen dir ganz viel Spaß mit deinen Eltern – den hatten wir auch schon ☺ "

„Wie war das denn gemeint?", wollte ich wissen, obgleich ich es ahnte.

„Die Frage hat uns unsere Tochter später dann auch mal gestellt", entgegnete Inga. „Wir haben uns mit netten geselligen Abenden herausgeredet."

„Was ja nicht wirklich falsch war", fügte Oliver schmunzelnd hinzu.

„Die Karte war von Swinger-Freunden?", fragte Steffen nach.

„Ja, natürlich", bestätigte Inga. „Wer schreibt denn sonst solche Doppeldeutigkeiten?"

„Das heißt, ihr swingt schon seit 24 Jahren?", fragte ich nach.

„Nein", entgegnete Oliver. „Vor 24 Jahren wurde unsere Tochter geboren. In die Welt der Swinger sind wir vor ungefähr 30 Jahren eingetaucht."

Seit 30 Jahren Swinger! Wow! Erst im zweiten Moment fiel mir die weitere Gemeinsamkeit zwischen den beiden und uns auf: Inga und Oliver waren jetzt 53. Sie hatten also im zarten Alter von 23 Jahren zu swingen begonnen. Genau das war auch mein Alter gewesen, als Steffen und ich zum ersten Mal einen Swingerclub betreten hatten. Ob auch wir dieser besonderen Leidenschaft noch immer nachgehen würden, wenn wir die 50 hinter uns hatten? Warum denn nicht, fragte meine Erotikfee. Darauf fiel mir keine Antwort ein. Inga und Oliver waren zumindest ein eindrucksvoller Beweis dafür, dass das Überschreiten bestimmter Altersgrenzen für so etwas vollkommen unerheblich war.

„Wie alt wart ihr denn, als ihr damit angefangen habt?", wollte Oliver wissen.

„Steffen war 28, ich 23", entgegnete ich – und hatte fast den Eindruck, ein wenig zu erröten.

„Sieh einer an", sagte Inga und lächelte mich an.

„Habt ihr jemals in Erwägung gezogen, damit aufzuhören?", fragte ich.

Beide sahen mich verblüfft an:

„Eigentlich nicht", sagte Inga, während Oliver zeitgleich entgegnete:

„Nein, warum das denn?"

Das machte Mut.

„Allerdings haben wir uns verändert", setzte Inga neu an, während wir mit der Salat-Vorspeise begannen.

„Inwiefern?", fragte Steffen nach.

„Die Abstände werden größer und wir sind wählerischer mit unseren Sexpartnern geworden."

„Früher haben wir wirklich eine Menge mitgenommen", ergänzte Oliver. „Vor allem in den Clubs. Heute ziehen wir private Treffen vor und lernen die Menschen gern etwas besser kennen, bevor wir mit ihnen vögeln."

Aha, dachte ich. Diese Gemeinsamkeit hatten wir also auch. Vielleicht abgesehen von den größer werdenden Abständen. Die waren bei uns weder groß noch klein, sondern vor allem wechselhaft. Manchmal hatten wir zwei, drei Monate gar kein Date, und dann wieder mehrere innerhalb weniger Wochen. Vor allem im Urlaub konnten die Abstände zuweilen recht kurz sein.

Nach der Vorspeise kam ein wundervoller Lachs-Auflauf auf den Tisch. Dazu reichlich Weißwein und tiefschürfende Gespräche über unsere Swingererfahrungen. Unsere Gastgeber hatten uns so platziert, dass ich neben Oliver saß und Inga neben Steffen. Irgendwann lag wie selbstverständlich Olivers Hand auf meinem Bein, was mich in keiner Weise störte. Im Gegenteil – ich hatte eher das Gefühl, dass die da hingehörte. Das Gesprächsthema und der Alkohol hatten die Stimmung immer mehr aufgelockert, die ja schon von Anfang an alles andere als verkrampft gewesen war. Wie beiläufig lehnte ich mich kurz an Oliver, lehnte mich dann aber wieder zurück und lächelte ihn liebevoll an. Er konnte wohl gar nicht anders, als ebenso zurückzulächeln.

„Was meint ihr", fragte er eine Weile nach Ende des Essens in die Runde. „Wollen wir mal ins Wohnzimmer umziehen? Das Sofa da ist vielleicht doch gemütlicher als der Esstisch."

Für einen Augenblick entstand Stille in die Küche, in der Steffen etwas nachdenklich wirkte. Och mensch Steffen, murmelte meine Erotikfee. Inga löste diese Stille jedoch schnell wieder auf:

„Vielleicht gehst du mit Kirsten schon mal vor", sagte sie zu ihrem Mann. „Und Steffen und ich trinken noch unseren Wein aus."

Tatsächlich war mein Glas in diesem Moment ebenso leer wie das von Oliver, während die unserer Liebsten noch mehr oder weniger gefüllt waren. Das war natürlich purer Zufall, aber die einfühlsame Inga hatte das elegant genutzt – ungeachtet der Tatsache, dass man gefüllte Weingläser ja auch hätte mitnehmen können. Offensichtlich war ihr sehr bewusst, dass einer in unserer Viererrunde nicht ganz so wollte wie die anderen drei. Und offensichtlich hatte sie nichts gegen unterschiedliche Geschwindigkeiten oder getrennte Aktionen einzuwenden. Damit hatte sie ihrem Mann eine ähnliche Freigabe erteilt, wie ich sie ja bereits von Steffen erhalten hatte. Also gut, beschloss ich. Wenn mein Liebster nicht wollte – ich wollte. Und ich würde.

Das sah Oliver offenbar ganz ähnlich. Er stand auf und streckte mir die Hand galant entgegen.

„Was meinst du, Kirsten", fragte er. „Soll ich dir unser Wohnzimmer noch einmal bei anderer Beleuchtung zeigen?"

Ich warf erneut einen Blick zu Inga und Steffen. Beide lächelten, mein Liebster nickte. Seine Freigabe für einen Alleingang galt. Also nahm ich Olivers Hand und stand auf. Hand in Hand verließen wir die Küche. Als wir den Flur betraten, drehte ich mich noch einmal kurz um. Inga und Steffen sahen uns nicht nach, sondern hatten schon wieder begonnen, miteinander zu reden. Ich konnte nicht verstehen, was sie sprachen. Wenn ich ehrlich sein sollte: In diesem Moment interessierte mich das auch nur begrenzt. Aber ich war froh, dass die beiden zumindest einen kommunikativen Draht hatten. Besser als nichts, wenn schon der erotische nicht so recht funktionierte.

Oliver führte mich ins Wohnzimmer, das im Gegensatz zum Beginn des Abends nun in weitgehender Dunkelheit lag. Nur von draußen fiel das schwache Licht einer Straßenlaterne herein. Oliver schaltete die Musikanlage ein und entzündete mehrere Kerzen, die an unterschiedlichen Stellen standen – auf einem Bücherregal, auf einem Beistelltischchen, auf dem Flügel. Sie tauchten den Raum in ein weiches Licht – passend zur wohligen Wärme, die die inzwischen angesprungene Heizung verbreitete. Dazu die sphärischen Klänge, die leise aus den Lautsprecherboxen zu vernehmen waren: Das alles war eine Atmosphäre, die wohl auch zu einem Meditationsabend hätte passen können. Ich war mir allerdings sehr sicher, dass dieser Mann etwas anderes im Sinn hatte als zu meditieren.

Nachdem er die letzte Kerze entzündet hatte, kam er wieder zu mir, umarmte mich und küsste mich. Das wurde aber auch Zeit, schmunzelte meine Erotikfee. Wie recht sie doch hatte. Unser Kuss dauerte lange, unsere Zungen tanzten miteinander – sanft und verspielt, irgendwie passend zur Musik. Der Mann fühlte sich gut an. Sein Kuss war weich und sinnlich. Seine Hände, die zunächst nur dezent auf meinem Rücken gelegen hatten, wanderten nun ganz langsam tiefer, bis sie an meinem Po angekommen waren. Zunächst drückte er mich vorsichtig an sich, dann wurde der Griff seiner Hände kräftiger. Ich hatte nichts dagegen einzuwenden und drückte mich meinerseits eng an ihn. Ob er wohl schon eine Erektion hatte? Zu spüren war davon noch nichts.

Schließlich lösten wir uns wieder voneinander. Er nahm erneut meine Hand und führte mich zum Sofa, das mir wie eine kleine Spielwiese erschien. Wenn Inga und Oliver hier entspannte Fernsehabende verbrachten, dann saßen sie vermutlich nicht vor dem Fernseher, sondern lagen eher. Jedenfalls war dieses Sofa sehr groß. Und ich hatte den Verdacht, dass das nicht nur seinen Grund darin hatte, dass die beiden gern in gemütlicher Haltung Filme sehen wollten. Mit wie viele Frauen hatte dieser Mann es wohl schon auf diesem Sofa getrieben, wie oft hatte hier ein erotisches Durcheinander zweier (oder vielleicht auch mehrerer) Paare stattgefunden?

Wir blieben vor dem Sofa stehen. Während wir uns unentwegt anlächelten, begann er, meine Bluse zu öffnen – ganz langsam, Knopf für Knopf. Er zelebrierte das geradezu, und ich spürte das Kribbeln in mir stärker werden. Als er schließlich auch den letzten Knopf geöffnet hatte, beugte er sich zu meinen

Bürsten und küsste sie – soweit der BH das zuließ. Er drückte sein Gesicht in mein Dekolletee und atmete tief ein.

„Du duftest wundervoll", flüsterte er, als er wieder auftauchte und mich anstrahlte.

Ich hatte für diesen Abend wohl das richtige Parfum ausgewählt – ebenso wie dieser Mann. Er hatte sicherlich nur sehr sparsam Duft aufgelegt, aber er hatte. Jedenfalls war es angenehm, an ihm zu schnuppern.

Auch ich begann, sein Hemd zu öffnen – ebenso langsam wie er das zuvor mit meiner Bluse getan hatte. Der Unterschied war nur, dass ich ihm das Hemd dann umgehend abstreifte, als es komplett offenstand. Daraufhin verlor auch ich meine Bluse. Als er dann auch noch meinen BH öffnete (und das nun ziemlich zügig), war auch ich im nächsten Augenblick oben ohne. Erneut umarmten wir uns, das Haut-an-Haut-Gefühl war prickelnd. Als er mir anschließend auch noch den Rock öffnete, ließ ich diesen einfach zu Boden gleiten. Nur noch mit Slip und Pumps bekleidet, ließ ich mich nun nach hinten auf das Sofa fallen. Ich erwartete, dass er umgehend zu mir kommen würde. Aber das tat er nicht. Er blieb vor der Sofalandschaft stehen und betrachtete mich. Ob ihm wohl gefiel, was er sah? Natürlich gefällt ihm das, was er sieht, hauchte meine Erotikfee. Schau dir nur seine Augen an.

Oliver zog sich nun selbst weiter aus. Ich blieb regungslos liegen und betrachtete ihn dabei. Er hatte es noch immer keineswegs eilig, öffnete langsam seine Hose, erst den Gürtel, dann den Knopf, dann den Reißverschluss. Es war beinahe ein Striptease, den er da für mich vollführte – auch wenn sein Rhythmus nicht sonderlich gut zur Musik passte. Aber darauf achtete er wohl nicht. Seine Aufmerksamkeit war offensichtlich ganz bei mir – und das sollte sie bitte auch. Jedenfalls ließ er mich keine Sekunde aus den Augen; ich hatte das Gefühl, als taste er mich mit seinen Blicken regelrecht ab. Das gefiel mir.

Schließlich war er nackt und präsentierte mir seinen gebräunten und gut trainierten Körper. Nein, diesem Mann sah man wirklich nicht an, dass er die 50 überschritten hatte – und das auch schon vor ein paar Jahren. Erfreulicherweise war er auch unterhalb der Gürtellinie sehr gepflegt. Ich mochte es schon immer, wenn ein Mann sich im Intimbereich ebenso glatt rasierte, wie ich das meist tat. Sein Schwanz war nur so halb aufgerichtet, aber ich war mir sicher, dass da noch mehr ging. Im Zweifelsfall würde ich dafür schon sorgen. Mit meinen Lippen hatte ich bisher jeden Schwanz zur vollen Entfaltung gebracht.

Er ging nun vor dem Sofa auf die Knie, griff zu meinem linken Bein, küsste es, wanderte mit den Lippen bis zum Fuß. Dort angekommen, griff er zu meinem Schuh und zog ihn mir aus. Das Spiel wiederholte er mit dem anderen Bein, sodass ich schließlich nur noch meine dünne Panty trug. Er drückte meine Beine sanft auseinander und wanderte mit seinen Lippen langsam nach oben. Je näher er meinem Schoß kam, umso mehr spürte ich ihn an den Innenseiten meiner Oberschenkel. Gleich, freute sich meine Erotikfee. Gleich wird er dir den Slip ausziehen und dich mit seiner Zunge verwöhnen.

Als seine Lippen in meinem Schoß angekommen waren, drückte er mir einen sanften Kuss auf die Muschi und atmete tief ein. Den Slip allerdings ließ er, wo er war. Er zog ihn mir nicht aus, und er schob ihn auch nicht zu Seite, sondern begnügte sich damit, mich durch den Stoff hindurch zu liebkosen. Dann wanderten seine Lippen weiter nach oben – zu meinem Bauchnabel, an dem er sich lange aufhielt und schließlich zu meinen Brüsten, die er zärtlich küsste. Er ließ seine Zunge um die Nippel kreisen, saugte sich daran fest und küsste sie dann wieder. Schließlich wanderte er noch weiter nach oben, bis seine Lippen meinen Mund fanden. Als wir uns küssten, drückte ich ihn fest an mich.

Dabei hatte es sich nun natürlich ergeben, dass der nackte Mann zwischen meinen Beinen lag. Ich spürte seinen Schwanz auf meiner Muschi, von der ihn lediglich mein dünner Slip trennte. Als er sich nun auch noch langsam bewegte, wurde sein Schwanz immer steifer. Seine fickähnlichen Bewegungen waren natürlich ein Spiel mit dem Feuer. Meine Panty würde zwar nicht ganz so leicht verrutschen können wie ein String, aber auszuschließen war das auch nicht. Dabei sah er mir in die Augen. Was würde er anfangen mit der Situation? Vorsicht, sagte die Mahnerin in mir, aber ich hörte sie nur sehr entfernt.

Obwohl ich den Mann eigentlich kaum kannte, hatte ich doch viel Vertrauen, dass er dieses Spiel nicht für den Versuch missbrauchen würde, mich blank zu nehmen. Weit davon entfernt waren wir in diesem Moment nicht. Bei einem Zufallsbekannten im Club hätte ich spätestens jetzt die Notbremse gezogen und ihn aufgefordert, sich ein Gummi überzuziehen. Bei Oliver hatte ich das Gefühl, dass eine solche Aufforderung nicht nötig sein würde.

Tatsächlich dehnte er dieses prickelnde Spiel nicht allzu sehr aus. Plötzlich richtete er sich auf, griff zu dem kleinen Beistelltisch neben dem Sofa und hatte im nächsten Moment ein Kondom in der Hand. Na also, lächelte meine Erotikfee. Er wollte nur ein bisschen spielen. Dagegen war nichts einzuwenden. Ich spielte ja ebenfalls gern – manchmal auch mit dem Feuer.

Ein Geräusch, das vermutlich aus der Küche kam und das ich nicht so recht zuordnen konnte, lenkte mich für eine Sekunde ab, aber dann war ich wieder ganz bei Oliver, der sich in diesem Augenblick das Gummi über den inzwischen doch vollends steifen Schwanz rollte. Er war also auch ohne die Hilfe meiner Lippen hart geworden. Beinahe ein bisschen

162

schade. Diesen Liebesdienst hätte ich gern für ihn übernommen. Aber unser Spiel begann ja gerade erst. Und schließlich stand nirgendwo geschrieben, dass ein Blowjob immer nur ganz am Anfang stattzufinden hatte.

Während er seinen Schwanz verpackte, streifte ich meinen Slip ab. Dabei ließen wir uns keine Sekunde aus den Augen. Als ich die Panty zur Seite werfen wollte, hielt er meine Hand fest und nahm mir das kleine Kleidungsstück ab. Oliver drückte den Slip, den ich soeben noch getragen hatte, vor sein Gesicht und atmete tief ein. Erst anschließend legte er ihn zur Seite. Als sich unsere Blicke anschließend wiederfanden lächelten wir uns an. Ich öffnete meine Beine weit für ihn. Ob meine Muschi wohl ein wenig glänzte? Feucht genug dafür war sie inzwischen sicherlich.

Als ich seinen Schwanz nun wieder in meinem Schoß spürte, konnte ich mich besser fallenlassen als kurz zuvor. Da war keine Mahnerin mehr, die mich zur Vorsicht aufforderte. Schließlich hatte der Mann nun ein Gummi über dem Schwanz – und das auch ohne meine Aufforderung. Er wusste, was sich gehörte. Ein wenig spielte er mit der Eichel zwischen meinen Schamlippen, im nächsten Moment war er in mir. Oliver nahm mich mit langsamen, aber tiefen Stößen. Ich winkelte meine Beine an und schlang meine Arme um ihn.

Erneut wurde ich von einem Geräusch abgelenkt und ich sah kurz zur Tür des Wohnzimmers. Ich entdeckte Inga und Steffen im Türrahmen. Sie standen dicht nebeneinander, fassten sich aber nicht an, und sahen uns zu. Wann waren die denn da aufgekreuzt? Egal – ich konzentrierte mich wieder auf den Mann zwischen meinen Beinen und seine gefühlvolle Stöße in mir.

In Swingerkreisen hätte man unser Treiben vermutlich als Blümchensex bezeichnet. Ich las immer wieder in Joyclub-Profilen, dass Paare so etwas nicht wollten und als langweilig abtaten. Ich hatte zwar auch nichts gegen heißen Gruppensex und wilde Spiele mit Fesseln, Augenbinden, Spielzeugen und dergleichen mehr. Aber manchmal stand mir auch einfach nur der Sinn nach Blümchensex – wenn man das denn so nennen wollte. Und in diesem Moment genoss ich es sehr, einfach von einem Mann gefühlvoll in der Missio genommen zu werden.

Oliver erhöhte nun sein Tempo und stieß kräftiger zu. Nach einer Weile hatte ich den Eindruck, dass sich ein Orgasmus in mir aufbaute. Auch Oliver bemerkte das wohl und behielt Tempo und Rhythmus bei. Er war sichtlich bemüht, mir den Höhepunkt auch tatsächlich zu bescheren, der sich ankündigte. Aber irgendwie kam ich einfach nicht. So etwas passierte mir immer mal wieder – auch in dieser Stellung, die eigentlich recht gut geeignet war, mich zum Orgasmus zu bringen. Das war schade, aber auch keine Tragödie.

Oliver bemerkte es, er zog sich aus mir zurück und war umgehend mit seinem Kopf zwischen meinen Beinen. Seine Zunge fand auf Anhieb den richtigen Punkt. Zudem steckte er mir zwei Finger in die feuchte Muschi und fickte mich auf die Weise weiter. Beides zusammen war erfolgreich. Ein stiller und sanfter Orgasmus durchzuckte meinen Körper.

Als er halbwegs abgeklungen war, wollte Oliver erneut in mich eindringen – aber er schwächelte. Während er mich geleckt hatte, war sein Schwanz teilweise eingefallen. Nicht komplett, aber so richtig steif war er nun nicht mehr.

„Komm her!", forderte ich ihn auf und zog an seinen Schultern.

Er verstand, hockte sich über meinen Oberkörper und ich griff zu seinem Schwanz. Ich rieb daran, nahm ihn kurz in den Mund, ließ ihn aber rasch wieder herausgleiten. Auf Gummi blasen hatte ich noch nie ausstehen können. Ich nestelte am Ansatz des Kondoms und zog es ab. Erst dann blies ich weiter. Sein Schwanz schmeckte zwar immer noch nach Gummi, doch das gab sich bald. Vor allem aber stellte ich zufrieden fest, dass meine Mundmusik die gewünschte Wirkung hatte. Sein Schwanz wurde zwischen meinen Lippen wieder richtig steif.

Für einen Augenblick hatte ich die Fantasie, jetzt einfach weiterzublasen. Er hätte sicher nichts dagegen gehabt, in meinem Mund zu kommen. Welcher Mann hatte das schon? Keiner – zumindest keiner von denen, die ich bisher bis zum Ende geblasen hatte. Aber war er mir wirklich so vertraut, dass ich das mit ihm machen wollte? Außerdem: Ich wollte ihn viel lieber noch einmal in mir spüren.

Ich drückte ihn von mir herunter und sah zu, wie er zu einem neuen Kondom griff. Offensichtlich hatte er den gleichen Gedanken wie ich.

Währenddessen fiel mein Blick abermals zur Tür. Im ersten Augenblick sah ich nur noch meinen Mann. Inga war verschwunden. Nein, war sie nicht, wie ich im zweiten Moment feststellte. Sie war lediglich in die Hocke gegangen, Steffens Hose war geöffnet und sein Schwanz steckte in ihrem Mund. Na also, schmunzelte meine Erotikfee. Dann war ich wieder ganz bei dem Mann, der in diesem Moment wieder in mich eindrang.

Jetzt fickte Oliver mich von Anfang an mit schnellen, harten Stößen. Bald hatte ich den Eindruck, dass auch er nicht mehr weit von einem Höhepunkt entfernt war. Doch bevor er so weit war, kam es mir ein zweites Mal. Und nun war ich alles andere als leise. Oliver verlangsamte sein Tempo etwas, und als mein Orgasmus abgeklungen war, stieß er wieder schneller zu. Ich drückte ihm mein Becken entgegen, ich erwartete seinen Höhepunkt, wollte ihn spüren. Nur Sekunden später nahm ich sein Zucken wahr, sein Schwanz explodierte in mir. Er stieß mehrfach krampfartig nach, konnte kaum ein Ende finden. Schließlich aber sackte er erschöpft auf mir zusam-

men. Ich küsste ihn und stellte fest, dass er Schweißperlen auf der Stirn hatte. Viele Schweißperlen.

Wir blieben so liegen, kurz darauf kamen Inga
und Steffen ans Sofa. Mir fiel auf, dass Ingas Kleid
am Dekolletee verschmiert war. Und das waren keine Essensreste. Wie hätten die auch zudem in ihre
Haare kommen sollen?

Sofa für vier

Die beiden zogen sich aus und legten sich zu uns. Es war schön, die Haut und die Wärme von drei Menschen zu spüren, während verschiedene Hände über verschiedene Körper wanderten. Es war doch immer wieder schön, wenn sich in einer Nach-Sex-Stimmung so ein zärtlicher Kuschelhaufen aus mehreren Menschen bildete. Ich hatte zwei wundervolle Höhepunkte erlebt, satt war ich allerdings noch lange nicht. Doch eine kleine Pause musste man den Männern ja meist zugestehen.

Dann wurde mir klar, dass vermutlich nur drei Menschen auf diesem Sofa einen Höhepunkt erlebt hatten. Ich wusste zwar nicht, was während unserer Abwesenheit in der Küche geschehen war, aber ich hatte ganz stark den Eindruck, dass der Sex zwischen Inga und meinem Liebsten eher einseitig gewesen war. Offenbar hatte er sich von ihr überzeugen lassen. Und nach dem Ergebnis auf ihrem Kleid und in ihren Haaren zu urteilen, hatte ihm diese Überzeugungsarbeit gefallen.

Meine Hand wanderte von Olivers Bein zu Ingas Oberschenkel. Als ich sie in Richtung ihres Schoßes gleiten ließ, öffnete sie ihre Beine ein Stück weit. Weit genug jedenfalls, dass meine Finger sich zu ihrer Muschi vortasten konnten. Sie war feucht, aber nicht allzu sehr. Nein, ich konnte mir nicht vorstellen, dass diese Frau heute Abend schon mehr erlebt hatte, als einen fremden Schwanz zu blasen und ihrem Mann beim Fremdsex zuzusehen.

Mit den Fingern spielte ich an ihr, ihre Beine öffneten sich dabei immer weiter. Schließlich beugte ich mich in ihren Schoß, drückte ihr einen sanften Kuss auf die glattrasierte Muschi und ließ vorsichtig meine Zunge zwischen ihre Schamlippen gleiten. Hatte Inga eigentlich eine Bi-Neigung? Was stand an dieser Stelle im Joyclub-Profil der beiden? Ich konnte mich beim besten Willen nicht erinnern. Auf so etwas musst du vor einem Date besser achten, murmelte meine Erotikfee. Aber ich vernahm ein leises Stöhnen und spürte Hände auf meinem Kopf. Ganz offensichtlich hatte sie nichts dagegen einzuwenden, was ich in ihrem Schoß tat. Im Gegenteil.

Inga wurde unter meinen Liebkosungen allmählich feuchter. Sie hatte sich nun bequem auf den Rücken gelegt, ihre Hände auf meinem Kopf, mein Kopf zwischen ihren Beinen, meine Zunge zwischen ihren Schamlippen. Ich leckte sie, strich dabei auch immer häufiger über den Kitzler. Und als ich feststellte, wie sie auf welche Berührung reagierte, umkreiste meine Zunge zunehmend bestimmte Stellen. Irgendwann spürte auch ich einen Kopf zwischen meinen Oberschenkeln; im ersten Moment wusste ich nicht, wem der gehörte. Das war mir in diesem Augenblick auch beinahe egal. Jetzt war ich bei Inga, jetzt wollte ich sie verwöhnen und zum Höhepunkt bringen. Was mir nach einer Weile auch gelang.

Der Orgasmus durchzuckte sie. Sie blieb ganz leise dabei, aber ihr ganzer Körper bebte, vor allem der Unterkörper. Währenddessen drückte sie noch immer meinen Kopf in ihren Schoß, gerade so, als wolle sie ihn nie wieder freigeben. Erst als sie sich nach ihrem Orgasmus wieder zu entspannen begann, blickte ich zu ihr und wir tauschten ein verschwörerisches Augenzwinkern. Allerdings schob sich im nächsten Augenblick Oliver dazwischen, als er seine Frau küsste – lange und mit Zungen, die bei geöffneten Lippen wild miteinander tanzten.

Ich drehte mich zu Steffen, zog ihn aus meinem Schoß und küsste ihn ebenfalls. Anschließend griff ich zu Olivers Kopf und küsste auch ihn. Ich freute mich, dass auch Inga und Steffen sich nun küssten. Die Vorbehalte meines Liebsten gegenüber Sex mit der deutlich älteren Frau waren offensichtlich verschwunden. Wie weggeblasen.

Ich wollte auch Inga küssen, sie ließ sich auch darauf ein, aber ihr Kuss für mich fiel eher verhalten aus. Kein Vergleich jedenfalls zu den intensiven Zungen- und Lippenspielen, bei denen ich sie soeben mit ihrem sowie meinem Mann erlebt hatte. Offensichtlich war ihre Neigung dem eigenen Geschlecht gegenüber doch weit weniger ausgeprägt, als das bei mir der Fall war. So ebbten unsere Frau-zu-Frau-Zärtlichkeiten rasch wieder ab und wir ließen uns in die schmusige Nach-Sex-Stimmung fallen. Nach einer Weile wollte ich es dann aber doch genauer wissen und fragte Inga ganz einfach:

„Ich habe euer Joyclub-Profil nicht mehr so ganz im Hinterkopf. Du bist nicht wirklich bisexuell, oder?"

„Ich bin sapiosexuell", entgegnete sie.

Das war zwar eine Antwort auf einer ganz anderen Ebene, aber sie passte zu ihr. Natürlich fühlte sich diese kultivierte, feingeistige Frau vor allem von intelligenten Menschen angezogen. Dass eine intellektuelle Verbindung erotisches Verlangen auslösen konnte, hatte ich im Laufe unseres Swinger-Lebens ebenfalls schon mehrfach erlebt. Auch dass ich damals als Studentin diesem charmanten jungen Mann nähergekommen war, mit dem ich heute verheiratet bin, hatte viel damit zu tun, dass ich ihn als ausgesprochen intelligent wahrgenommen hatte. Sapiosexuell war eine Bezeichnung, die mit Sicherheit auch auf mich passte. Aber sapio und bi schlossen sich ja schließlich nicht aus – weshalb Inga auf meine eigentliche Frage nicht geantwortet hatte.

„Sagen wir mal so", fügte sie nach einer kurzen Kunstpause hinzu: „Ich bin überwiegend hetero. Aber wenn eine Frau so zärtlich ist wie du, dann habe ich auch nichts gegen weibliche Liebkosungen."

So etwas nannte man dann wohl heteroflexibel, schoss es mir durch den Kopf. Mach die Schubladen wieder zu, raunte irgendjemand in mir. Na gut.

Hatte ich Inga jetzt mit meinen Liebkosungen überrumpelt? Quatsch, entgegnete meine Erotikfee. Sie hat es genossen. Zumindest ihr deutlich wahrnehmbarer Orgasmus sprach sehr dafür.

Ich griff zu den Schwänzen beider Männer. Steffen war schon wieder halbwegs steif, Oliver nicht.

„Ich fürchte, ich brauche eine Pause", sagte unser Gastgeber mit bedauerndem Achselzucken. „Möchte jemand etwas trinken?"

Alle nickten, Oliver stand auf und ging in die Küche. Ich sah dem nackten Mann nach und stellte fest, dass er nicht nur im Laufdress ein knackiges Hinterteil hatte. Er kam zurück mit einem Tablett, auf dem sich eine Weinflasche, eine volle Wasserkaraffe sowie frische Gläser befanden. Erst als ich mir eine Weißweinschorle mischte, fiel mir auf, dass es auf diesem Tablett noch etwas gab – und Oliver soeben danach griff.

Er drückte eine Tablette aus dem Blister, steckte sie in dem Mund und schluckte sie.

„Möchtest du auch eine?", fragte er und bot Steffen die Packung mit den blauen Helferlein an.

Mein Mann griff danach, betrachtete aufmerksam die Verpackung und legte sie wieder zurück.

„Bisher geht es bei mir eigentlich noch ganz gut ohne die Dinger", entgegnete er.

„Bei mir auch", erwiderte Oliver. „Jedenfalls beim ersten Mal. Mehrfach an einem Abend ist allerdings so eine Sache."

„Und damit geht es dann?", fragte mein Liebster zurück.

„Oh ja!", entgegneten Inga und Oliver gleichzeitig.

Das klang sehr überzeugend. Ich fand es spannend, dass der Mann damit so offen umging. Natürlich wusste ich, dass viele Männer zu diesem Hilfsmittel griffen – vor allem, wenn sie ein bestimmtes Alter erreicht hatten. Ich hatte auch bei unseren Swinger-Abenteuern schon mehrfach bemerkt, dass Männer zu einer blauen Tablette griffen – meist aber in Momenten, in denen sie sich unbeobachtet fühlten. Offenbar tat es dem Ego eines Mannes nicht gut, wenn er eingestehen musste, dass seine Standfestigkeit nachgelassen hatte und er chemische Unterstützung in Anspruch nahm. Oliver hingegen sah wohl keinen Grund, so etwas zu verstecken. Das war mir ausgesprochen sympathisch. Der Mann stand zu dem, was er tat.

„Sind die Dinger wirklich derart wirksam, wie man immer sagt?", wollte ich wissen.

„Bei mir auf jeden Fall", entgegnete Oliver und fügte augenzwinkernd hinzu. „Damit kann ich stundenlang immer wieder. Du wirst sehen."

Ach, werde ich das? Ja, wirst du, bestätigte meine Erotikfee. Na schön, vermutlich hatte sie mal wieder recht.

„Wie schnell wirkt so etwas?", fragte Steffen.

„Nach ungefähr einer halben Stunde."

„Und wie lange hält die Wirkung dann an?"

„Normalerweise sagt man vier Stunden. Aber ich habe die Erfahrung gemacht, dass es eher sechs bis acht Stunden sind – auch wenn es zum Ende hin immer schwächer wird. Das wirkt wohl bei jedem Mann unterschiedlich."

„Willst du es mal ausprobieren?", fragte ich Steffen, griff nun meinerseits zu der Verpackung und betrachtete sie.

Mein Mann sah mich verblüfft an – und ich wusste sofort, was ihm durch den Kopf ging.

„Ich meine, einfach nur mal so", schob ich umgehend nach. „Nur um mal die Wirkung zu probieren. Nicht etwa, weil ich denke, dass du das nötig hättest."

So hatte ich das wirklich nicht gemeint. Über die Standfestigkeit meines Liebsten konnte man (oder besser gesagt: frau) sich nun wirklich nicht beschweren. Auch nicht über seine Ausdauer oder die Häufigkeit, wenn es an einem Abend mehrere Runden gab – was bei Swinger-Begegnungen ja nicht ungewöhnlich war. Aber da hatte er mich wohl falsch verstanden. Möglicherweise auch falsch verstehen müssen.

„Mach doch mal", sagte nun auch noch Inga zu ihm. „Vielleicht kannst du es im Laufe der Nacht ja doch noch brauchen."

Och Inga! So einfühlsam ich diese Frau bisher erlebt hatte: Die Bemerkung hätte sie sich lieber verkneifen sollen. Sie hatte doch gesehen, mit welchem Blick mein Liebster bereits auf meine Bemerkung reagiert hatte.

Im nächsten Moment griff Steffen zu der Packung, drückte eine Tablette aus dem Blister und schluckte sie. Ich hatte allerdings den Eindruck, dass er eher genervt war und damit vor allem das Gespräch abwürgen wollte.

„Gut so?", fragte er und sah Inga und mich abwechselnd an.

Hätte ich bloß nichts gesagt! Immerhin war das Thema damit tatsächlich vom Tisch – beziehungsweise von der Sofalandschaft. Wir redeten nun wieder über andere Dinge, wie Swingerclubs und andere Wiener Sehenswürdigkeiten.

Irgendwann stand Inga auf, nahm einen großen Kerzenständer vom Beistelltisch und stellte ihn in die Fensterbank. Offenbar fürchtete sie, dass der bei einem möglicherweise wilderen Treiben zu viert in Gefahr geraten könnte. Eigentlich hatte er da auf dem

Tischchen ganz schön ausgesehen. Aber auf der Fensterbank machte er sich auch gut.

„Ist das ein Signal für eure Nachbarn?", fragte Steffen.

„Ein Signal? Was denn für ein Signal?", fragte Inga irritiert, während sie sich wieder zu uns setzte.

„Das Signal, dass es sich jetzt lohnt, die Ferngläser zu zücken", entgegnete mein Liebster.

„Ach so, du meinst: Immer wenn wir Swinger-Besuch haben, kommt der Kerzenständer ins Fenster?"

Alle vier mussten wir schmunzeln. Es mochte natürlich sein, dass die Nachbarn von Gegenüber sich über derlei Einblicke in die Wohnung gefreut hätten. Aber dafür war die Beleuchtung allein mit Kerzenlicht dann wohl doch zu schwach.

„Hattet ihr schon mal Zuschauer?", fragte ich nach.

„Na klar, im Swingerclub."

„Ich meinte unerwartete Zuschauer."

„An einem See im Urlaub hatten wir das mal", erzählte Oliver. „Da hat uns tatsächlich ein Mann beim Sex zugesehen."

„Und hat er bemerkt, dass ihr ihn bemerkt habt?"

„Oh ja", entgegnete Inga. „Das kann man wohl sagen."

„Wie ist die Sache ausgegangen?", wollte ich wissen.

„Wir haben ihn eingeladen mitzumachen."

„Und hat er?"

„Ja, er hat."

„Hat er dich ficken dürfen?", hakte Steffen nach.

„Auch das."

„Hattet ihr denn Kondome dabei?"

„Wir haben immer Kondome dabei", warf Oliver ein.

Aha, die Gemeinsamkeit hatten wir also auch.

Während dieses Geplänkels stellte ich fest, dass sich bei Oliver allmählich wieder etwas regte. Offenbar hatte die Erinnerung an den fremden Mitspieler sein Kopfkino anlaufen lassen. Außerdem war wohl die halbe Stunde um und die Wirkung des blauen Helferleins somit eingetreten. Als ich nun erneut zu den Schwänzen beider Männer griff, wurden sie in meinen Händen sehr schnell sehr steif. Da gab es jetzt keinen wesentlichen Unterschied mehr zwischen Oliver und Steffen – abgesehen von der Größe natürlich. Da hatte mein Liebster bei unseren Swinger-Abenteuern meist mehr zu bieten als die anderen Männer – wenn auch nicht immer.

Lag die zurückgekehrte Härte in Olivers Männlichkeit tatsächlich nur an der Wirkung des Potenzmittels? Natürlich wusste ich, dass allein eine Tablette bei einem Mann keine Erektion verursachte. Ein sexueller Reiz musste schon noch dazukommen. Aber so viel hatte ich doch noch gar nicht gemacht. Ich saß lediglich zwischen den beiden Männern und streichelte sie – und das auch eher sanft.

Aber die Atmosphäre war prickelnd. Wir hatten aufgehört zu reden, wir sahen einander an und ließen nun wieder immer mehr Hände über nackte Körper gleiten. Inga saß so, dass Steffen einen guten Einblick in ihren Schoß hatte, Olivers Hände begnügten sich nun auch nicht mehr damit, meine Brüste zu streicheln, sondern wanderten immer wieder auch zwischen meine Beine. Als ich seine Finger an meiner Muschi spürte, war das wohl so etwas wie ein Startsignal.

Ich fand es schön, dass Steffen es war, der das Spiel zu viert ernsthaft in Gang brachte – indem er seinen Kopf zwischen Ingas Oberschenkeln vergrub. Er hatte zwar auch schon Sex mit ihr gehabt, aber der war ja recht einseitig gewesen. Nun zeigte er ihr deutlich, dass er Lust auf sie hatte – und nicht nur ihre Blaskünste schätzte. Auch Oliver beugte sich in meinen Schoß und tat dort das, was er vorhin schon einmal so hingebungsvoll getan hatte. Ich lehnte mich bequem zurück und genoss sein Zungenspiel in meinem Schoß. Da ich aus dieser Position heraus mühelos Steffens Schwanz erreichen konnte, spielte ich zugleich auch an ihm. Unser Vierer war nun wirklich ein Vierer und nicht einfach nur Partnertausch. So etwas liebte ich besonders.

Inga kam erstaunlich schnell. Offenbar hatte mein Liebster seine Sache gut gemacht. Ich war noch längst nicht so weit, wenngleich auch Olivers Liebkosungen wundervoll waren. Ingas Höhepunkt war vermutlich noch gar nicht richtig abgeklungen, da entzog sie sich Steffen auch schon. Umgehend war sie auf den Knien und streckte Steffen ihren Po entgegen. Und als ob das noch nicht deutlich genug gewesen wäre, klatschte sie sich auch noch mit der Hand auf den Po und sagte:

„Fick mich!"

Sie musste nicht lange warten, bis Steffen dieser Aufforderung nachkam. Er brauchte nur wenige Sekunden vom Griff in das Kondomschälchen bis er hinter ihr war. Sofort war er in ihr und nahm sie mit schnellen, kräftigen Stößen, wobei seine Hände ihren Po kneteten. Inga begnügte sich damit aber nicht, sondern griff zu Olivers Schwanz und nahm ihn in den Mund. Dass Oliver nun in meinem Schoß etwas aus dem Rhythmus kam, war wohl nicht zu vermeiden. Seine Frau war ebenso heftig mit ihm, wie mein Mann mit ihr. Ich hatte den Eindruck, dass sie ihn zum Orgasmus blasen würde, wenn sie so weitermachte.

Was ich jetzt nicht so toll gefunden hätte. Eigentlich hätte ich Oliver gern noch einmal in mir gespürt. Aber Inga hatte nun beide Männer in Beschlag genommen – zumindest ihre Schwänze. Oliver war zwar noch immer mit seinem Kopf zwischen meinen Oberschenkeln, aber genau genommen lag er da nur noch. Sein Zungenspiel an meiner Muschi ließ immer mehr nach.

Als Oliver sich nun auch noch auf den Rücken drehte, entzog sich Inga zu meiner Überraschung Steffen – allerdings nur, um sich im nächsten Augenblick auf den Schwanz ihres eigenen Mannes zu setzen. Während sie ihn zu reiten begann, drehte sie sich zu Steffen um und klatschte abermals mit der flachen Hand auf den eigenen Po. Sie sagte nichts weiter, aber mir war auch so klar, was sie wollte. Und auch Steffen verstand die Aufforderung, die in dieser Geste lag.

Erneut kniete er sich hinter sie, feuchtete seinen gummierten Schwanz gut mit Speichel ein und drückte ihn zwischen Ingas Pobacken.

„Jaaaaaaaaaaahhhhhhhh!!!!", ließ sie vernehmen, als er in ihr Poloch eindrang – während Oliver sie weiterhin von unten stieß.

Eine Frau mit Vorliebe für Sandwich. Das fiel nun eindeutig nicht mehr unter Blümchensex.

Ein bisschen fühlte ich mich in diesem Moment außen vor – Inga hatte sich beide Männer regelrecht gegriffen. Aber es erregte mich, diesem Dreier zuzusehen. Es erregte mich so sehr, dass ich gar nicht anders konnte, als meine Hand in den eigenen Schoß zu legen – wobei ich mich so setzte, dass jeder einen guten Einblick haben konnte, der das wollte. Oliver und Steffen wollten: Sie sahen immer wieder zu mir. Inga hingegen konzentrierte sich offenbar völlig auf die beiden Männer.

Ich fragte mich, ob es bei diesem Sandwich nicht besser gewesen wäre, wenn Oliver sie anal genommen hätte statt Steffen. Denn mein Liebster hatte den eindeutig größeren Schwanz – und ein Poloch ist nun einmal enger als der Vordereingang. Aber Inga wollte es offensichtlich ganz genau so.

Ich sah Steffen in die Augen, in denen die Geilheit funkelte. Analsex gehörte zwar ebenso wenig zu seinen wie zu meinen bevorzugten Spielarten (wir zwei machten das nur hin und wieder), aber in diesem Moment und in dieser Konstellation war das offensichtlich extrem aufregend für ihn.

Ingas Orgasmus war zwar nicht so leise wie vorhin, aber auch längst nicht so laut, wie das bei mir zuweilen der Fall war. Es war eher ein Wimmern, das sie vernehmen ließ, als sie kam. Beide Männer verlangsamten ihre Stöße, hörten aber nicht ganz auf. Als Inga wieder ruhiger wurde, stießen sie beide wieder heftiger zu. Es dauerte nicht lange und sie kam erneut. Offensichtlich war das eine Konstellation, die ihr sehr viel Lust bereitete. Und offenbar war sie sehr orgasmusfreudig, stellte ich beinahe neidisch fest, als es ihr in dieser Stellung schließlich auch noch ein drittes Mal kam.

„Auf den Po!", sagte Inga und klatschte sich erneut auf ihr Hinterteil. „Ihr müsst es mir auf den Po spritzen! Alle beide!"

Aha, dachte ich. Dann sind beide Männer fertig. Und was ist mit mir?

Aber die drei waren jetzt völlig auf ihr Knäuel konzentriert. Ich war mir sicher, dass keiner von ihnen in diesem Augenblick an mich dachte. Letztlich war das aber auch okay. Ich wollte diese heiße Nummer nicht stören.

Die drei entflochten sich nun, Inga kam auf dem Bauch zu liegen und beide Männer knieten sich neben sie – einer links, einer rechts. Steffen zögerte einen Augenblick, aber Inga ließ keinen Zweifel an ihrer Aufforderung. Sie griff zu Steffens Schwanz und zog ihm das Kondom ab. Sie wollte sein Sperma auf ihrer Haut.

Ich beschloss, mich wieder einzumischen – oder besser gesagt: ein wenig zu helfen. Ich kniete mich zwischen Ingas Beine und griff nach beiden Schwänzen. Die Männer hatten ja schon selbst zu wichsen begonnen, aber sie hatten sicherlich auch nichts dagegen, dass ich das für sie übernahm. Wen würde ich wohl als ersten zum Spritzen bringen?

Es war Steffen, dessen Sperma mit hohem Druck herausschoss und teilweise auf Ingas Rücken, teilweise aber auch wie gewünscht auf ihrem Po landete. Oliver brauchte länger. Vielleicht hatte ich ihn auch nicht perfekt im Griff. Jedenfalls löste er mich irgendwann ab und machte es zum Schluss dann doch selbst. Er spritzte nicht ganz so viel wie mein Liebster, aber dafür landete alles am gewünschten Ort, wo es zum Teil auch zwischen Ingas Beine lief.

Ihr verschmiertes Hinterteil sah ungemein erotisch aus. Ich konnte gar nicht anders, als den Saft mit den Händen zu verreiben – und einiges davon auch von ihrem schönen Po zu lecken. Ob das nun von Steffen oder Oliver stammte, was ich da in den Mund bekam? Wer wusste das schon? Es war längst eine Mischung geworden. Eine sehr besondere Form der Wiener Melange, flüsterte meine Erotikfee – mit extra viel Schaum.

Oliver hatte plötzlich sein Handy in der Hand. Trotz schwacher Beleuchtung machte er mehrere Fotos vom verschmierten Hinterteil seiner Frau. Ich konnte mir vorstellen, wo diese Fotos am Ende landen würden. Ob wohl auch Steffen und ich mit aufs Bild gerieten? Ich sagte nichts, hatte aber genug Vertrauen, dass wir zumindest nicht erkennbar sein würden, falls diese Bilder tatsächlich Eingang ins Joyclub-Profil von Inga und Oliver finden sollten.

Die nackte Pianistin

Ich muss duschen", sagte Inga plötzlich in einem erstaunlich nüchternen Ton, als alle wieder zur Ruhe gekommen waren.

„Darf ich dich begleiten?", fragte ich.

„Unbedingt", entgegnete sie.

Ich spürte die Blicke der Männer auf unseren Hinterteilen, als wir zur Tür gingen. Ich drehte mich vor Verlassen des Wohnzimmers noch einmal kurz um und bekam den Eindruck bestätigt. Sie sahen uns tatsächlich nach. Ich warf ihnen einen Luftkuss zu, den beide umgehend erwiderten. Offenbar hatten sie sich beide angesprochen gefühlt. Und so hatte ich das auch gemeint.

Erfreulicherweise war die Dusche recht geräumig, sodass wir sie gleichzeitig benutzen konnten.

„Du magst Sperma auf deiner Haut", stellte ich fest.

„Ja, das erregt mich", bestätigte sie. „Und fremdes Sperma ist besonders erregend. Irgendwie hat das etwas Verruchtes, findest du nicht?"

„Oh doch!"

„Magst du das auch?"

„Manchmal schon. Das kommt immer auf den Mann und die Situation an."

„Auf jeden Fall hast du offensichtlich keine Angst vor fremdem Sperma. Das war grad eben noch ein kleiner Zusatzkick, als du es mir vom Po geleckt hast."

Ich lächelte sie möglichst unschuldig an und zuckte mit den Schultern.

„Magst du es auch anal?", fragte Inga.

„Naja", wich ich aus. „Steffen hat einen recht großen Schwanz."

„Oh ja, den hat er", strahlte sie.

„Bist du eine Frau, der die Größe wichtig ist?"

„Wirklich wichtig vielleicht nicht. Aber ich finde es schon geil, wenn er mal etwas größer ist als der von Oliver."

„Auch bei anal?"

„Oh ja!"

Die Vorlieben waren doch manchmal recht unterschiedlich. Wenn ich mich denn beim Partnertausch auf anal einließ, dann war es mir eigentlich lieber, wenn der Mann zumindest nicht allzu großzügig von der Natur bedacht worden war.

„Ich war mir bei Steffen ja nicht so ganz sicher, ob ich ihm nicht zu alt sein würde", fuhr Inga fort.

„Alter ist doch nur eine Zahl", entgegnete ich, obgleich sie mit ihren Gedanken ja vollkommen richtig lag.

„Ich hatte so das Gefühl. Das war bei dir und Oliver wohl kein Problem, oder?"

„Nein, für mich ist das weiter kein Thema. Wenn ein Mann charmant und attraktiv ist, dann ist alles andere zweitrangig. Und auf deinen Mann hatte ich sehr viel Lust."

„Er auf dich auch. Und wie!"

„Ich habe es bemerkt", bestätigte ich schmunzelnd.

„Oliver sagt immer, er findet es wundervoll, wenn eine Lady ihm ihre Lust anvertraut. Und genau das hast du vorhin auf dem Sofa getan. Du hast dich bei ihm ganz fallenlassen. Oder habe ich mich da geirrt?"

„Nein", sagte ich. „Da hast du dich nicht geirrt."

Auch Oliver und Steffen gingen gemeinsam duschen. Zumindest wenn Sperma im Spiel war, dann hielt ich das für unabdingbar. Glücklicherweise machten wir beim Swingen die Erfahrung, dass die meisten Menschen das ebenso sahen – wenn auch leider nicht alle.

Als die Männer ins Bad verschwunden waren, fiel mein Blick auf den Flügel.

„Bist du eine gute Klavierspielerin?", fragte ich Inga.

„Was heißt schon gut? Ich würde sagen: solide."

„Magst du mal etwas spielen?"

„Du meinst, wir sollten die Männer mit anderen Klängen empfangen als denen, die Oliver vorhin aufgelegt hat?"

„Das wäre doch eine nette Variante", entgegnete ich.

Tatsächlich war die CD mit den sphärischen Klängen, die Olivers und meinen soften Sex vorhin so wunderbar begleitet hatte, inzwischen mehrfach durchgelaufen. Irgendwann hatte ich die Musik gar nicht mehr wahrgenommen.

Inga schaltete den CD-Player ab und ging zum Flügel. Nackt wie sie war, setzte sie sich auf den Hocker, dachte ein paar Sekunden nach, suchte ein Notenheft aus einem Stapel, blätterte darin und begann schließlich zu spielen. Ich weiß gar nicht so recht, ob ich irgendetwas Bestimmtes erwartet hatte. Vielleicht Bach, Beethoven, Mozart oder etwas in der Art. Das war ja die Musik, die zumindest ich mit einem solch vornehmen Instrument verbunden hätte – noch dazu bei einem so kultivierten Paar in einer stilvollen Wiener Altbauwohnung. Wobei ich mir nicht hätte anmaßen können, ein Stück dieser Komponisten erkennen zu können. Naja, die als Europahymne bekannt gewordene Neunte Sinfonie von Beethoven vielleicht. Das wäre es dann aber auch schon gewesen. Doch die Klänge, die aus dem Flügel kamen, gingen in eine völlig andere Richtung: Es war eindeutig Jazz, was Inga spielte.

Fasziniert stand ich neben dem Flügel, lauschte und sah ihr zu. Obgleich sie nackt auf dem Hocker saß, wirkte Inga in diesem Moment, in dem ihre Finger mit unglaublicher Leichtigkeit über die Tasten flogen, ausgesprochen elegant. Das empfanden wohl auch Steffen und Oliver so. Leise kamen sie zu uns und stellten sich ebenfalls neben den Flügel. Inga spielte konzentriert weiter und versank in ihrer Musik. Dass sich weitere nackte Menschen bei Kerzenlicht und Jazztönen um sie scharten, schien sie gar nicht wahrzunehmen.

Steffen stellte sich hinter mich, drückte sich gegen meinen Po, und ich spürte, dass er schon wieder eine Erektion hatte. Machte ihn die Atmosphäre an oder tat vor allem die kleine blaue Pille ihren Dienst? Vermutlich beides. Auch ich empfand diese Situation als außergewöhnlich – außergewöhnlich und auf eine sehr besondere Weise hoch erotisch. Als sich Steffens Schwanz ernsthaft zwischen meine Oberschenkel drängte, öffnete ich meine Beine.

„Nicht hier", sagte Inga, die zu meiner Überraschung offensichtlich sehr genau registrierte, was sich neben ihr abspielte.

„Schon mal Sex auf dem Flügel gehabt?", gab Steffen zurück und ließ sich von der Ansage nicht beeindrucken – was ein Fehler war.

Plötzlich wurde aus den stilvollen Jazzklängen eine brutale Dissonanz. Inga hatte beide Hände einfach wüst auf die Tasten gedrückt. Das klang gar nicht schön – und sollte es wohl auch nicht.

„Never ever!", sagte sie sehr bestimmt und sah Steffen mit einem Blick an, den man zumindest als unfreundlich bewerten musste. „Nicht an meinem Flügel! Und schon gar nicht darauf!"

Geradezu erschrocken zuckte mein Liebster zurück. Schade eigentlich, murmelte meine Erotikfee. Seine Schwanzspitze hatte gerade meine Muschi berührt. Nur ganz sanft, aber ich konnte sie bereits spüren. Im nächsten Augenblick hätte er in mich eindringen können – was er vermutlich auch vorhatte. Ich hätte das geil gefunden. Und Steffen sicherlich auch. Inga eindeutig nicht.

War das die sexgierige Frau, die vorhin im Sandwich einfach nur hemmungslos ihre Lust ausgelebt hatte? Jetzt war sie wieder die kultivierte Frau, als die ich sie von Anfang an wahrgenommen hatte. Der Begriff „Höhere Tochter" hätte in diesem Augenblick vermutlich gut zu ihr gepasst, schoss es mir durch den Kopf – vielleicht abgesehen von dem Umstand, dass sie nackt war.

Ich hatte im Büro eine Kollegin, die in einem ähnlichen Alter war wie Inga, und zu der dieser Begriff ebenfalls passte. Bei meiner Kollegin wirkte das jedoch immer ein wenig gekünstelt. Nach meinem Empfinden hielt sie sich für etwas Besseres, betonte immer mal wieder, dass sie aus einem gutbürgerlichen Elternhaus stamme, wo man viel Wert auf Erziehung und humanistische Bildung gelegt hatte. Aber was hieß das schon? Ebenso wie sie hatte auch ich Geisteswissenschaften studiert. In Sachen Bildung konnte sie mir eigentlich nichts vormachen. Und den Bildungsstand ihrer Eltern konnte sie sich ja wohl kaum als eigene Leistung gutschreiben – was sie aber vermutlich tat. Das Höhere-Tochter-Gehabe meiner Kollegin wirkte für mich eher wie Snobismus.

Bei Inga war das anders. Zu ihr passte dieser Begriff auf eine ganz natürliche Art und Weise. Sie betonte das nicht, sie strahlte es ganz einfach aus und wirkte sehr selbstbewusst und ladylike – zumindest wenn sie nicht gerade „fick mich" sagte oder sich im Sandwich nehmen ließ.

Ob Ingas Kollegen sie wohl ebenso als selbstbewusste Höhere Tochter wahrnahmen? Oder war meine Sichtweise lediglich den besonderen Umständen geschuldet, unter denen ich Inga kennengelernt hatte?

Auf jeden Fall führten diese besonderen Umstände nun dazu, dass Steffen und ich einen Fick beendeten, bevor er überhaupt begonnen hatte.

„Mit ihrem Flügel ist Inga eigen", sagte Oliver schmunzelnd, der auf der anderen Seite des Instrumentes stand.

Ich hatte den Eindruck, dass er geahnt hatte, was passieren würde, als sich Steffen so intensiv an mein Hinterteil gedrängt hatte. Und dann war er wohl einfach gespannt gewesen, wie die Sache ausgehen würde. Sein diebisches Grinsen deutete jedenfalls sehr in diese Richtung.

„Wenn du ficken willst", sagte Inga und sah Steffen nun mit einem eher funkelnden Blick an: „Dann tu es – aber nicht hier!"

Na gut, die Ausdrucksweise war jetzt nicht mehr sonderlich ladylike. Sie stand auf und ließ uns am Flügel stehen. Die musikalische Darbietung war beendet. Inga kniete sich auf das Sofa und streckte uns ihren Po entgegen.

„Du wolltest doch ficken", sagte sie. „Dann tu es endlich!"

Das konnte man jetzt gar nicht mehr als ladylike bewerten. Nicht mal mehr halb. Machte so etwas eine Höhere Tochter? Inga machte es.

Wir konnten gar nicht anders, als zu ihr zu gehen. Alle drei hatten wir wohl das Bedürfnis, ihren schönen Po anzufassen. Ingas katzenhaftes Schnurren deutete sehr darauf hin, dass sie die Berührungen von vielen Händen genoss – und das nicht nur an ihrem Po. Vermutlich wusste sie in diesem Moment gar nicht so ganz genau, wessen Hand sie wo spürte. So etwas hatte ich beim Swingen auch schon mehrfach erlebt – und eine solche Unwissenheit konnte ein erheblicher Zusatzkick sein.

Steffen ließ als erster seine Hand von hinten zwischen ihre Oberschenkel gleiten. Allerdings machte er bald Oliver Platz. Und schließlich tastete auch ich mich zu ihrer Muschi, die feuchter kaum sein konnte. Sie war sehr bereit, genommen zu werden – das verriet nicht nur ihre verbale Aufforderung. Vermutlich war es ihr auch fast egal, wer sie jetzt nahm. Wobei ich schon den Eindruck hatte, dass sie Steffens Schwanz erwartete. Aber sie sagte nun nichts mehr, sondern wartete ganz einfach ab.

Mein Liebster enttäuschte sie nicht. Oliver reichte ihm ein Kondom und Sekunden später drang Steffen von hinten in sie ein. Es sah heiß aus, wie sein Schwanz zwischen ihren schönen Pobacken verschwand. Im ersten Augenblick hatte ich fast den Eindruck, er würde sie erneut anal nehmen. Aber das war ein Irrtum. Wobei ich den Eindruck hatte, dass Inga gar nichts dagegen gehabt hätte, wenn Steffen erneut ihren Hintereingang gewählt hätte.

Steffen fickte sie sofort mit schnellen, harten Stößen, die sie mit einem rhythmischen „ja, ja, ja …" entgegennahm. Als ich nun zu Olivers Schwanz griff, spürte ich zugleich auch seine Finger in meinem Schoß. Er war jetzt nicht ganz so steif wie Steffen, aber unter meinem Streicheln änderte sich das allmählich. Ich beschloss, ein wenig nachzuhelfen und setzte mich neben Inga auf das Sofa. Ich hielt mich nun nicht mit neckischen Spielereien wie Pusten oder vorsichtiges Küssen der Eichel auf, sondern nahm ihn direkt in den Mund. Meine Lippen schlossen sich fest darum, meine Hand ebenfalls. Es dauerte nicht lange, bis auch dieser Schwanz den gewünschten

Zustand erreichte. Na bitte, lächelte meine Erotikfee. Das klappt doch immer.

Oliver zog mich wieder vom Sofa hoch. Er küsste mich, ich spürte seine Hände an meinem Po, er drückte mich fest an sich, sodass ich seinen Schwanz an meinem Bauch spürte.

„Dreh dich um", sagte er in einem Tonfall, der keinen Widerspruch zuließ: „Knie dich neben Inga!"

Ich folgte seiner Anweisung umgehend und streckte ihm den Po entgegen. Während ich darauf wartete, dass er sich ein Kondom überzog, sah ich seine Frau an. Sie schaukelte unter Steffens Stößen leicht hin und her, ihr Blick wirkte beinahe verklärt. Offensichtlich genoss sie es sehr, was mein Mann mit ihr machte. Ja, dachte ich. So will ich es jetzt auch, so soll Oliver mich jetzt auch nehmen. Und gleich wird er das tun.

Er brauchte allerdings relativ lange, bis ich endlich seinen Schwanz an meinem Po spürte. Anders als ich es erwartet hatte, drängte er sich jedoch nicht sofort zwischen meine Oberschenkel – obgleich ich die ganz brav für ihn geöffnet hatte. Er hätte mühelos in mich eindringen können. Feucht genug dafür war ich mit Sicherheit. Aber jetzt spielte er mit mir. Sein Schwanz rutschte zwischen meinen Pobacken hin und her – immer über mein Poloch hinweg. Das fühlte sich prickelnd an. Erst im zweiten Moment realisierte ich, dass sein Schwanz auch irgendwie glitschig war. Hatte er Gleitcreme aufgetragen? Es wirkte so.

Schließlich glitt er nicht mehr nur über mein Poloch hinweg, sondern drückte auch immer mehr dagegen. Ich weiß gar nicht, wann ich realisierte, dass er mich anal nehmen wollte. Aber irgendwann wurde mir das natürlich klar. Wollte ich das? Sollte ich das zulassen? Oder doch lieber den Po zusammenkneifen und ihn damit aussperren? Ich spürte Herzklopfen. Partnertausch, Fremdfick, selbst fremdes Sperma schlucken: All das kannte ich. Analsex zwar auch, aber das passierte beim Spiel mit anderen Paaren eher selten. Es war immer etwas sehr Besonderes, für das ich eine bestimmte Stimmung brauchte. Schließlich aber hörte ich auf zu denken und vertraute diesem Mann erneut meine Lust an.

Im nächsten Augenblick war er in mir – im Hintereingang. Im ersten Moment konnte ich mich nur begrenzt darauf einlassen. Aber nur im ersten Moment. Das war bei mir immer so. Aber dann fühlte es sich einfach nur tief und warm an, und ich konnte es genießen. Olivers Schwanz hatte eine gute Größe für diese Spielart.

Erneut blickte ich zu Inga – und sie zu mir. Wir beide wurden in einem ähnlichen Rhythmus gestoßen und schaukelten ähnlich hin und her. In diesem Moment öffnete sich Ingas Mund, sie atmete plötzlich ruckartig ein, und ich wusste, dass sie gekommen war – leise aber deutlich. Mir war klar, dass ich in dieser Position ganz sicher nicht kommen würde. Anders als Oliver. Sein Schwanz explodierte erstaunlich schnell in meinem Po. Und was ist mit dir, fragte meine Erotikfee, während ich Olivers abebbende Stöße wahrnahm. Die Frage war sehr berechtigt. Ich fühlte mich zwar nicht gerade unterfickt, allzu oft zum Höhepunkt gekommen war ich bei diesem Swinger-Abenteuer aber noch nicht – ungeachtet der Tatsache, dass dies hier schon die dritte Runde des Abends war.

Als Oliver sich nun aus mir zurückzog, drehte ich mich um, setzte mich auf den Po und präsentierte ihm meine weit geöffneten Beine. Zugleich warf ich ihm einen Luftkuss zu. Er verstand, und im nächsten Augenblick kniete er auch schon vor mir und hatte seinen Kopf in meinem Schoß vergraben. Er leckte mich gierig, ließ seine Zunge durch meine nasse Spalte gleiten und steckte mir zudem einen Finger hinein.

Neben mir schaukelte Inga noch immer unter Steffens Stößen. Noch bevor Oliver mich zum Orgasmus geleckt hatte, kam sie ein weiteres Mal. Beneidenswert, wenn eine Frau auch in dieser Position einfach so zum Orgasmus kommen konnte. Bei mir ging das nur, wenn mein Kitzler zumindest irgendwie mitstimuliert wurde. Es war sicherlich eine Minderheit, aber manche Frauen waren von der Natur mit der Fähigkeit gesegnet, einen rein vaginalen Orgasmus bekommen zu können. Inga gehörte ganz offensichtlich dazu. Ich leider nicht.

Damit reichte es ihr aber wohl auch – zumindest vorerst. Sie ließ sich ganz einfach nach vorn fallen und Steffens Schwanz rutschte aus ihr heraus. Steif und steil ragte er nun in die Luft und sah aus, als sei er heimatlos geworden – was ja irgendwie auch der Fall war. Mein Mann sah mich mit funkelnden Augen an. Ich nickte hastig, und wir hatten uns verstanden.

Er zog das Gummi von seinem Schwanz und sagte zu Oliver:

„Lässt du mich bitte mal? Ich muss jetzt ganz dringend meine Frau ficken."

Ich hatte den Eindruck, dass Oliver ihm nur widerwillig Platz machte, aber er tat es. Sein Zögern empfand ich als Kompliment, und ich warf ihm einen Luftkuss zu. Steffen kam zu mir, er nahm mich in der Missio, und es dauerte nicht lange, bis ich schließlich meinen Höhepunkt hatte. Kurz darauf kam auch Steffen in mir. Ich hatte den Eindruck, dass sein Orgasmus kaum ein Ende finden wollte. Immer und immer wieder stieß er noch nach. Es fühlte sich wundervoll an, wie sein Sperma tief in mich hineinströmte.

Dabei fiel mein Blick auf Oliver. Erst jetzt zog auch er sein Gummi ab. Allzu viel war nicht darin. Aber das war nach diesem Abend wohl auch vollkommen normal.

Als wir alle wieder zur Ruhe gekommen waren, griffen wir auch wieder zu unseren Gläsern. Wir redeten nicht viel, sondern spürten einfach nur dem Erlebnis nach. Inga stand irgendwann auf, um ins Bad zu verschwinden. Auf dem Weg dorthin ging sie am Flügel vorbei, blickte einen Moment mit versonnenem Lächeln auf die Tasten und drückte dann auf eine davon. Nur ein einziges Mal, nur ein einziger, heller Ton klang durch den ansonsten stillen Raum. Dann setzte sie ihren Weg fort und verließ das Zimmer, wobei wir ihr alle nachblickten.

„Deine Frau hat einen schönen Po", stellte Steffen fest.

„Genau wie deine", entgegnete Oliver.

Das war natürlich die normale und angemessene Antwort, aber der charmante Tonfall entlockte mir dennoch ein Lächeln.

„Hatte ich dir das denn erlaubt?", fragte ich nun Oliver und sah ihn an.

„Was meinst du?", entgegnete er – obwohl ich sehr stark vermutete, dass er sehr genau wusste, was ich meinte.

„Dass du mich anal nimmst", sagte ich, um keine Missverständnisse aufkommen zu lassen.

„Dein Mann hatte es mir erlaubt."

Ich sah Steffen an, der unschuldig lächelnd die Schultern hob. Offenbar hatten sich die beiden Männer irgendwie wortlos verständigt, als Inga und ich vor ihnen knieten. Na gut, beschloss ich. Wenn mein Mann das erlaubt hatte, dann ging das in Ordnung. Ich war zwar nicht gerade unterwürfig, aber eine leichte devote Ader hatte ich dann doch beim Sex. Manchmal jedenfalls – wenn ich mich richtig fallenlassen konnte. Und diese Doggy-Stellung war ja irgendwie ein Ausdruck von Unterwerfung unter den Mann. Es hatte etwas Archaisches, beinahe Animales. Es war geil.

Als Inga wieder auftauchte, sah Oliver ihr entgegen und sagte:

„Oh, das ging aber schnell."

„Naja, wenn man weiß, was man will, kann es auch schnell gehen."

Damit brachte sie uns alle zum Schmunzeln und es kehrte erneut Stille ein.

Restenaschen

Ich weiß nicht, wie es euch geht", sagte Oliver nach ein paar Minuten. „Aber ich habe jetzt Hunger."

„Es ist noch einiges vom Abendessen da", entgegnete Inga. „Es ist natürlich längst kalt. Aber es steht noch auf dem Tisch. Steffen und ich haben uns erlaubt, nicht allzu sehr aufzuräumen, während ihr zwei schon mal ficken gegangen wart."

Mit der Bemerkung löste sie erneut ein allgemeines Schmunzeln aus.

„Hat noch jemand Lust, etwas zu essen?", fragte Oliver und stand auf.

„Ja, ich", entgegnete ich und erhob mich ebenfalls vom Sofa.

Inga und Steffen schüttelten die Köpfe und wir ließen sie im Wohnzimmer zurück. Wie zu Beginn der Party, schoss es mir durch den Kopf – nur mit vertauschten Räumen. Und natürlich, dass wir nun in die Küche gingen, um zu schauen, was noch vom Lachs-Auflauf übrig war. Der Raumwechsel ein paar Stunden zuvor hatte einen anderen Hintergrund gehabt.

Tatsächlich war noch einiges vom Abendessen da. Auf der Arbeitsfläche neben der Spüle stand die große Auflaufform mit Fisch und Gemüse, auf dem Esstisch nur noch unsere Weingläser vom Abendessen und der Korb mit ein paar Scheiben Weißbrot. Zwei der Gläser waren noch immer nicht leer. Offenbar waren Inga und Steffen uns vorhin schneller nachgekommen, als wir das bemerkt hatten.

Oliver und ich hielten uns jetzt nicht mit Bestecken auf, sondern naschten einfach mit den Fingern aus der großen Auflaufform. Ich griff zu einem der Weingläser (ich hatte keine Ahnung, ob das Steffens oder Ingas Glas war), trank einen Schluck und fischte anschließend erneut ein Stück Lachs aus dem Gemüsebett. Dass mir dabei ein Stück Paprika aus der Hand fiel, störte mich nicht weiter. Es hinterließ zwar eine ölige Spur als es mir über die Brüste rutschte und anschließend zu Boden fiel. Aber Oliver war so freundlich, diese ölige Spur zu beseitigen – mit seiner Zunge.

Was er sehr intensiv machte und auch keineswegs damit aufhörte, als sicherlich längst nichts mehr von der Auflaufsoße auf meiner Haut vorhanden war. Er leckte ausgiebig meiner Brüste ab, vergaß auch die Brustwarzen nicht, und irgendwann konnte ich gar nicht anders, als in seinen Schoß zu greifen. Es wunderte mich keineswegs, dass sein Schwanz schon wieder halbwegs steif war.

Auch dass er mich plötzlich packte und auf den Küchentisch setzte, ergab sich wie von selbst. Erstaunt war ich nur, als er im nächsten Augenblick zwischen Toaster und Wasserkocher nach einer kleinen Vorratsdose griff, diese öffnete und anschließend ein Kondom hervorzauberte.

„Ihr habt auch Kondome in der Küche?", fragte ich.

„Wenn entsprechender Besuch kommt, haben wir überall Kondome", entgegnete er.

Mit diesem Wiener Swinger-Paar hatten wir wirklich so einige Gemeinsamkeiten, stellte ich abermals fest. Dann aber hörte ich auf, über derlei Dinge nachzudenken, sah einfach nur zu, wie Oliver seinen Schwanz verpackte und lehnte mich auf dem großen Küchentisch zurück – so bequem das hier möglich war. Er packte meine Beine, stellte sich dazwischen und war umgehend in mir.

Steif war er – das blaue Helferlein wirkte, wie es wirken sollte. Lust hatte er auch, das war ihm deutlich anzusehen. Aber Oliver hatte sehr bald Schweißperlen auf der Stirn – ebenso wie einige Stunden zuvor auf dem Sofa. Offenbar war er doch ziemlich ausgepowert nach dem vielen Sex dieser Nacht. Ich ahnte, dass die Nummer nicht sehr lange dauern würde.

Tatsächlich beendeten wir sie irgendwann ganz einfach, ohne dass einer von uns einen Höhepunkt gehabt hätte. Aber ich fand es einfach schön, den Mann noch einmal in mir zu spüren. Er hatte Lust auf mich gehabt und mir das sehr deutlich gezeigt. So etwas liebte ich. Und schließlich musste man Sex ja nicht immer nach Art und Anzahl der erlebten Orgasmen bewerten.

Als er sich aus mir zurückgezogen hatte, stand auch ich auf, umarmte und küsste ihn. Wir lächelten uns vielsagend an, bevor sein Blick an mir vorbei auf den Tisch fiel.

„Glück gehabt", sagte er. „Alles stehen geblieben."

Alles stehen geblieben? Was sollte das denn heißen? Ich drehte mich um und stellte fest, dass ich die ganze Zeit auf dem Tisch zwischen den Weingläsern gelegen hatte – ohne eins davon umzuwerfen. Oliver hätte das während unserer Nummer eigentlich sehen müssen. Aber offensichtlich realisierte auch er das erst jetzt.

„Da haben wir wohl geschickt drumrum gevögelt", stellte ich fest.

Wir gingen zurück ins Wohnzimmer. Ob unsere Liebsten uns wohl schon vermissten? Offensichtlich nicht, stellte ich fest, als wir die Tür öffneten. Steffen lag entspannt auf dem Sofa, es sah beinahe aus, als würde er schlafen. Ich war mir allerdings sehr sicher, dass er das nicht tat. Zwischen seinen Beinen kniete Inga und verwöhnte seinen Schwanz mit ihrem Mund. Also doch so ähnlich wie zu Beginn der Party, schoss es mir durch den Kopf. Nur, dass nun Oliver und ich an der Tür standen und unseren Liebsten beim Sex zusahen. Wir blieben, wo wir waren. Auch Oliver hatte wohl das Gefühl, die beiden nicht stören zu wollen.

Lange mussten wir jedoch nicht abwarten. Ich bemerkte, dass Steffen sich zu verkrampfen begann. Offensichtlich war er so weit. Ob sein Sperma wohl erneut in ihren Haaren landen würde? Nein, würde es nicht, stellte ich im nächsten Augenblick fest. Dazu gab Inga ihm keine Gelegenheit. Ihr Mund blieb fest geschlossen, als Steffen ganz eindeutig seinen Höhepunkt erlebte. Auch als er dann wieder zur Ruhe kam, öffnete sie die Lippen noch immer nicht. Als sie es schließlich doch tat, befand sich vermutlich nicht mehr viel Sperma in ihrem Mund. Offensichtlich hatte sie kein Problem damit gehabt, es zu schlucken. Das machte nicht jede Frau. Auch ich tat so etwas normalerweise nur, wenn ein gewisses Maß an Vertrautheit zwischen dem Mann und mir entstanden war.

In diesem Augenblick hatte ich plötzlich große Lust, genau das mit Oliver zu tun – was aber wohl nicht mehr passieren würde, wie ich stark vermutete. Trotz des blauen Helferleins würde er das wohl nicht mehr hinbekommen. Die abgebrochene Nummer in der Küche deutete jedenfalls stark in diese Richtung. Die Tablette war hoch wirksam, wenn es darum ging, einen steifen Schwanz zu bekommen. Ob der Mann dann auch zum Orgasmus kam, war offenbar eine andere Sache.

Inga hatte unsere Rückkehr offenbar schon bemerkt und drehte sich zu uns um.

„Ihr wart aber lange in der Küche", sagte sie.

„Naja", entgegnete Oliver. „Wenn man weiß, was man will, kann es auch mal länger dauern."

Ungefähr eine halbe Stunde später saßen Steffen und ich im Taxi. Wir hatten Urlaub, wir konnten am nächsten Tag ausschlafen, Inga und Oliver nicht. Sie hatten einen normalen Arbeitstag vor sich. Und den würden sie wohl mit einem erheblichen Schlafdefizit durchstehen müssen. Wäre jetzt Wochenende, und hätten die beiden uns eingeladen, über Nacht bei ihnen zu bleiben, dann hätten wir das liebend gern getan. Vermutlich wäre ich nach diesem Abend sogar offen gewesen für Partnertausch in getrennten Räumen – und das für den Rest der Nacht.

Aber es war kein Wochenende. Und daher war es unvermeidlich, dass wir uns irgendwann verabschiedeten – mit innigen Umarmungen und ausgedehnten Küssen. Sogar Inga küsste mich – und es war mehr als nur ein Küsschen. Jedenfalls ein bisschen mehr – was für einen Hetero-Frau alles andere als selbstverständlich war. Aber sie war ja immerhin heteroflexibel.

Ich weiß nicht, ob es dieser Kuss war oder der ganze Swinger-Abend, den ich als sehr sinnlich erlebt hatte. Jedenfalls war ich noch immer nicht ganz satt. Kaum saßen wir auf dem Rücksitz des Taxis, nahm ich Steffens Hand und drückte sie in meinen Schoß.

„Ups", flüsterte er, als er die blanke Muschi unter meinem Rock ertastete. „Wo ist denn dein Slip?"

„Hier", entgegnete ich und zog ihn aus der Jackentasche.

Hatte er beim Anziehen nicht mitbekommen, dass ich den weggelassen hatte? Offensichtlich war es so. Da hatte er vermutlich eher Augen für Inga gehabt, die sich zwar nur einen Morgenmantel übergeworfen hatte, aber Steffen hatte sie dabei nicht aus den Augen gelassen. Wie war das noch? Eine Frau, die anderthalb Jahrzehnte älter war als er, interessiere ihn nur begrenzt? Von wegen!

„Versprich mir, dass du ganz leise sein wirst", flüsterte er, während seine Finger zwischen meine Schamlippen wanderten.

„Bekomme ich hin", entgegnete ich und sah dem Taxifahrer über die Schulter.

Bekam er etwas mit von dem, was sich hinter ihm abspielte? Ich sah zwar hin und wieder seine Augen im Rückspiegel, aber das war ja auch normal. Es gab keinen Hinweis darauf, dass er etwas bemerkte. Ich ertappte mich bei dem Gedanken, dass ich das irgendwie auch als reizvoll empfunden hätte. Dennoch blieb ich ganz ruhig und nicht einmal sonderlich eng an meinen Liebsten gekuschelt, als der mir dieses kleine Nachspiel schenkte. Wobei „schenken" viel-leicht nicht der richtige Ausdruck war. Ich hatte ihn dazu ja regelrecht genötigt. Aber er war sofort darauf eingegangen. Alles andere hätte mich auch gewun-dert. Steffen hatte selten etwas dagegen, eine Muschi zu streicheln – weder meine noch die einer anderen Frau.

Ich wusste, dass die Fahrt nicht sehr lang sein würde. Ich schloss die Augen und hatte sofort die Bilder des Abends im Kopf. Ich sah die musizierende nackte Inga, ich sah Steffen hinter ihr und sie im Sandwich nehmen, ich spürte beinahe noch Olivers innigen Abschiedskuss. So konnte ich mich immer mehr in Steffens Liebkosungen zwischen meinen Beinen hineinfallen lassen.

Schließlich kam es mir. Ich drückte mir eine Hand vor den Mund, als mich der Orgasmus durchzuckte. Der war eigentlich von der Art, dass ich ihn gern herausgeschrien hätte. Aber ich hatte ja versprochen, ganz leise zu sein. Was in dieser Situation auch un-vermeidlich war. Auch wenn es ein prickelnder Ge-danke war, sollte ich den Taxifahrer besser nicht verwirren. Das hätte möglicherweise üble Nebenwir-kungen haben können.

Mein Höhepunkt kam keinen Moment zu früh. Ich spürte noch immer die Zuckungen in meinem Schoß, als ich von vorn die Stimme hörte:

„So, da sind wir."

Ich öffnete die Augen und sah unser Hotel. Trotzdem hielt ich Steffens Hand in meinem Schoß noch für einen Augenblick fest. Nur ein paar Sekunden noch, bettelte meine Erotikfee. Steffen gab uns diese Sekunden. Erst als das Taxi angehalten hatte, zog er seine Hand zurück. Ich hatte den Eindruck, er tat das ebenso widerwillig, wie ich sie nun freigab.

Als mein Liebster die Fahrt bezahlte, nahm ich mir vor, ihn im Hotelzimmer umgehend noch einmal zu verführen. Ob er wohl schon wieder konnte? Ich hoffte es sehr. Aber eigentlich hatte ich daran auch keine ernsthaften Zweifel.

Als wir ins Hotel gingen, sah ich mich noch einmal kurz zum Taxifahrer um. Sein Seitenfenster stand noch immer offen, er lächelte mit einem seltsamen Gesichtsausdruck und sah uns nach. Hatte er womöglich doch etwas mitbekommen? Ich beschloss, dass er mir einfach nur nachgesehen hatte, weil ich einen kurzen Rock trug.

„Wie kam denn dein Sinneswandel?", fragte ich Steffen, als wir im Aufzug standen.

„Welcher Sinneswandel?"

„Inga gegenüber. Ich dachte, sie wäre dir zu alt."

„So brutal würde ich das nicht ausdrücken", entgegnete er verlegen. „Als du mit Oliver aus der Küche verschwunden bist, sind wir euch ja bald nachgekommen und haben euch von der Tür aus zugesehen. Das war ziemlich heiß, ihn da zwischen deinen Beinen zu sehen."

Das war schon immer so bei Steffen und mir. Wenn einer dem anderen beim Fremdsex zusah, dann empfanden wir beide das als erregend. Partnertausch und Gruppensex waren heiß, aber diese kleine voyeuristische Ader war für uns beide ein Zusatzkick. Dem eigenen Partner beim Sex zuzusehen, war etwas völlig anderes als etwa im Swingerclub irgendwelchen Menschen, die man gar nicht kannte.

„Zusehen ist eine Sache", sagte ich. „Sich gegenseitig an die Wäsche gehen eine andere."

„Wir sind uns nicht gegenseitig an die Wäsche gegangen", entgegnete er. „SIE ist MIR an die Wäsche gegangen."

„Ja, Inga weiß, was sie will."

„Das kann man wohl sagen."

„Hat sie gut geblasen?"

„Oh ja!"

„Besser als Saskia?"

„Gar kein Vergleich. Das war der absolute Wahnsinn, was sie da mit mir im Türrahmen gemacht hat."

„Aber nicht bis zum Ende, oder?"

„Nicht ganz, aber fast. Als sie es dann mit der Hand zum Ende gebracht hat, hatte sie kein Problem damit, sich anspritzen zu lassen. Und der Anblick meines Spermas auf ihrem Kleid und in ihrem Gesicht hat mich einfach rattenscharf gemacht."

„Im Gesicht hatte sie es auch? Ich hatte es nur auf dem Kleid und in ihren Haaren wahrgenommen."

„Ja, aber aus dem Gesicht hat sie es umgehend wieder weggewischt."

Gut, dass sich unser Hotelzimmer in einer der oberen Etagen des Hotels befand. So reichte unsere Aufzugfahrt gerade so eben für das kurze Gespräch.

Ungefähr zwei Minuten später lag Steffen zwischen meinen Beinen. Sein Schwanz war hart, als hätte er eine Woche Enthaltsamkeit hinter sich. Offenbar war auch er von diesem Abend noch genauso aufgeheizt wie ich. Und vermutlich hatte auch die blaue Pille ihren Anteil daran. Auf jeden Fall fickte er mich zu einem wundervollen Höhepunkt. Und anders als ein paar Minuten zuvor im Taxi war ich dieses Mal kein bisschen leise. Dass ich damit womöglich den Schlaf anderer Hotelgäste störte, war natürlich bedauerlich. Aber darauf konnte ich jetzt einfach keine Rücksicht nehmen.

Am nächsten Morgen schliefen wir ziemlich lange und mussten uns schon etwas beeilen, noch rechtzeitig zum Frühstück zu kommen. Steffens eindrucksvolle Erektion blieb dieses Mal ungenutzt. Einen Augenblick schwankte ich noch zwischen Aufwachsex und Frühstück mit Rührei. Aber da war mein Liebster auch schon aus dem Bett gesprungen und hatte begonnen, sich anzuziehen. Wie lange wirkten diese blauen Pillen? Vier Stunden? Eine maßlose Untertreibung! Jedenfalls schien das bei Steffen ebenso zu sein, wie auch Oliver das beschrieben hatte.

Ob ich Steffen mal eine Packung davon zum Geburtstag schenken sollte? Allerdings dürfte es schwierig sein, meinen Arzt davon zu überzeugen, mir die Dinger zu verschreiben. Eine nette Gedankenspielerei war es trotzdem – die ich dennoch gleich wieder verwarf. Mit ausreichender Standfestigkeit hatte mein Mann nun wirklich keine Probleme. Aber vielleicht würde ich den Gedanken in zehn Jahren mal wieder aufgreifen.

Unser Sightseeing-Tag führte uns abermals zum Belvedere. Anders als am Sonntag wollten wir heute aber nicht nur durch den Schlosspark wandern, sondern uns das Kunstmuseum von innen ansehen. Vor allem auf die Klimt-Ausstellung war ich neugierig. Vor dem berühmten Bild „Der Kuss" blieben wir lange stehen und betrachteten es. Hin und wieder huschten andere Besucher vorbei, aber ich konnte mich nicht sattsehen an diesem unglaublich sinnlichen Bild eines eng umschlungenen Paares, das in einer innigen Umarmung zu verschmelzen schien. Die vorherrschende Farbe war Gelb in verschiedenen

Abstufungen und Varianten. Das lag natürlich auch daran, dass der Wiener Jugendstil-Maler vor über 100 Jahren nicht einfach nur Ölfarbe auf die Leinwand gebracht, sondern die Gewänder des Paares mit Blattgold verziert hatte. Eine spannende Technik mit einem fantastischen Ergebnis.

Ob mich dieses Bild wohl weniger fasziniert hätte, wenn ich es nicht schon am Abend zuvor gesehen hätte? Eingefasst in einen stilvoll goldschimmernden Rahmen, hing ein Kunstdruck davon im Wohnzimmer von Inga und Oliver – an der Wand neben dem Flügel. Auch da hatte ich es zu Beginn des Abends schon bewundert. Und da ich wusste, dass das Original hier im Belvedere zu finden war, wusste ich auch an diesem Abend schon ganz genau, was heute nach dem Frühstück anstehen würde. Glücklicherweise war Steffen diesem Museum gegenüber mehr aufgeschlossen, als das beim Heeresgeschichtlichen Museum der Fall gewesen war. Zumindest tat er so. Aber das reichte ja.

Je länger ich Klimts „Kuss" betrachtete, umso mehr spürte ich die erotische Stimmung, die am Abend zuvor bei unseren neuen Freunden geherrscht hatte. Als ich Monate später beim Blättern in einer Zeitschrift zufällig erneut auf dieses Bild stieß, war die Stimmung jenes Wiener Swinger-Abends sofort wieder präsent. Offenbar stellte mein Unterbewusstsein an diesem Tag im Belvedere (oder vielleicht auch schon am Abend zuvor) eine Verknüpfung zwischen dem Bild und diesem besonderen Swinger-Paar her. Auf jeden Fall zählte Gustav Klimts „Kuss" seither zu meinen Lieblingsbildern.

Dieser Donnerstag war unser letzter kompletter Tag in Wien. Für Freitagmittag war die Rückfahrt gebucht. Wir hatten anfangs erwogen zu fliegen, uns dann aber für die klimafreundlichere Variante entschieden und waren mit der Bahn gefahren.

Der Abschied von Wien am nächsten Tag fiel mir nicht ganz leicht. Wir hatten viel gesehen und viel erlebt in diesen Tagen. Als wir nun im Zug saßen, loggte ich mich in unser Joyclub-Profil ein. Erfreut stellte ich fest, dass wir eine Mail von Inga und Oliver hatten. Sie schrieben davon, dass sie den Abend mit uns sehr genossen hätten und uns gern wiedersehen wollten – verbunden mit der Einladung bei ihnen zu übernachten, wenn wir das nächste Mal in Wien sein würden. Das war ein schönes Angebot. Ich konnte mir gut vorstellen, dass wir das annehmen würden – wann auch immer uns der Weg das nächste Mal in die österreichische Hauptstadt führen würde. Auch Steffen nickte zustimmend.

Nach Österreich kamen wir ja ohnehin des Öfteren – allerdings eher im Winter zum Skilaufen. Und da bevorzugten wir die Skigebiete in Tirol und vor allem in Vorarlberg – was nicht so direkt auf einem Weg mit Wien lag. Aber früher oder später würde uns sicherlich auch mal wieder der Weg an die Donau führen.

An ihre Mail hatten die beiden ein Foto gehängt. Es zeigte Ingas nackten Po, der in jener Nacht von Olivers und Steffens Sperma verschmiert worden war. Auf dem Bild war auch ich zu sehen, wie ich mich gerade so halb über diesen Po beugte. Ich hatte das Sperma der beiden Männer ja in Ingas Haut einmassiert und manches auch von ihrem Po geleckt.

Die beiden fragten, ob es in Ordnung für uns sei, wenn sie dieses Bild in eine geschützte Galerie ihres Joyclub-Profils stellen würden. Da mein Gesicht auch mit viel Fantasie nicht erkennbar war, hatte ich damit kein Problem und gab ihnen die Erlaubnis. Aber ich fand es schön, dass sie gefragt hatten. So etwas halten wir leider auch schon anders erlebt.

Als wir ein paar Tage später noch einmal auf das Profil der beiden Wiener gingen, hatten sie uns die entsprechende Bildergalerie freigeschaltet. Es waren diverse Fotos von Partnertauschsituationen mit verschiedenen Paaren darin zu sehen. Dem Bild von Ingas Po, der mit Olivers und Steffens Sperma so schön verziert war, hatten sie den Titel „Wiener Melange" gegeben. Ich musste schmunzeln über die Benamung. In dem Augenblick, in dem dieses Bild entstanden war, war mir ja genau die gleiche Bezeichnung in den Sinn gekommen.

Doch schon während der Rückfahrt aus Wien sahen wir uns Zug noch einmal ganz in Ruhe das Profil unserer neuen Freunde an. Dabei fiel uns etwas in den Blick, das wir bisher wohl beide übersehen hatten: Unter ihren Vorlieben war Analsex nicht nur als Vorliebe, sondern in die Rubrik „Unbedingt" eingeordnet – was mich nach dem Abend bei Inga und Oliver nun nicht mehr erstaunte. Wieder einmal nahm ich mir vor, die Profile von neuen potenziellen Sexpartnern vor einem Treffen genauer zu studieren. Und vielleicht würde ich mich an diesen Vorsatz ja auch irgendwann einmal halten.

Nach dem Besuch in dem Erotikforum klappte ich mein Notebook allerdings nicht zu, sondern notierte mir noch einige Gedanken, die ich gern festhalten wollte. Steffen sah mir dabei zu und verfolgte aufmerksam, was ich aufschrieb.

„Ich glaube, ich habe in dieser Woche ganz gut Stoff für meinen neuen Roman gesammelt."

„Soll so viel in Wien spielen?"

„Das nicht. Aber ich habe so einige Anregungen bekommen – für verschiedene Kapitel."

„Und diese Woche selbst? Machst du davon auch etwas? Vielleicht eine Tagebuch-Geschichte? Das könnte sich lohnen."

Daran hatte ich auch schon gedacht, war mir aber unschlüssig. Natürlich war vieles von dem, was wir in dieser Woche erlebt hatten, in mein Notebook-

Tagebuch gewandert. Ob ich davon ein eigenes Buch machen wollte, würde ich später entscheiden. Für so etwas brauchte ich manchmal einen gewissen zeitlichen Abstand. Zu nah dran am Geschehen war nicht gut für den Schreibprozess – wenngleich ich das auch schon anders gehandhabt hatte.

„Mal sehen, vielleicht", entgegnete ich und ließ noch einmal die Bilder dieser Woche an meinem geistigen Auge vorbeiziehen. „Lohnen würde es sich das sicherlich, da hast du schon recht."

„Soso – die Woche hat sich also gelohnt."

„In jeder Hinsicht. Immerhin weiß ich jetzt, was eine Wiener Melange ist."

„Mit Schaum?"

„Mit viel Schaum. Und wie die Wiener ihren Milchkaffee machen, habe ich auch gelernt."

Hat dir das Buch gefallen?

Dann freue ich mich auf deine Bewertung
oder Rezension im Store.

Und natürlich freue ich mich auch über
eine direkte Rückmeldung an:

kirsten.steiner84@web.de

Kirsten Steiner, März 2023

Leseprobe

*Partnertausch
unter der
Mitternachtssonne*

Ein erotischer Reisebericht
von Kirsten Steiner

Als wir am späten Donnerstagnachmittag an einer kleinen Tankstelle anhielten, fiel Steffen ein, dass wir am Morgen etwas vergessen hatten:

„Wir hätten auf dem Campingplatz auf Torpön das Trinkwasser auffüllen und das Abwasser entleeren müssen."

„Vielleicht geht das ja hier", entgegnete ich. „Ich gehe mal in den Tankstellenladen und frage."

Während mein Mann sich bemühte, eine freundschaftliche Verbindung zwischen dem Tankautomaten und seiner EC-Karte herzustellen, verwies man mich im Laden auf den Wasserhahn an der Seite des Gebäudes, der uns gern und kostenfrei zur Verfügung stehe. Steffen fuhr nach dem Tanken wenige Meter vor und parkte das Wohnmobil neben dem Wasseranschluss. Er holte den Schlauch aus einer Ablage des Fahrzeugs und versuchte, ihn an den Hahn anzuschließen – was leider nicht so ganz funktionierte. Der Schlauch war etwas größer als der Wasserhahn.

„Ich dachte, so etwas ist genormt", murmelte Steffen.

„Offenbar nicht", entgegnete ich. „Aber vielleicht geht es ja auch so."

Mein Mann hielt den Schlauch in den Zulauf unseres Wassertanks und ich hielt das andere Ende mit der Hand am Wasserhahn fest – unter den aufmerksamen Blicken von drei auf einer Bank sitzenden Männern mittleren Alters. Sie alle hatten Bierdosen in der Hand und waren offenbar gespannt, ob wir das mit dem Wasser und dem nicht passenden Schlauch hinbekamen. Das war ich auch. Außerdem schielen sie dir auf den Hintern, schmunzelte meine Erotikfee. Das war natürlich denkbar. Ich trug Jeans und T-Shirt. Und die Jeans waren nicht übermäßig weit geschnitten.

Als ich den Wasserhahn aufdrehte, huschte ein freudiges Lächeln über Steffens Gesicht.

„Es funktioniert", sagte er erfreut. „Das Wasser kommt an."

„Naja, das meiste davon", entgegnete ich.

Tatsächlich spritzte so einiges an der Verbindung von Wasserhahn und zu großem Schlauch zwischen meinen Fingern heraus. Dass ich dabei nass wurde, war gar nicht zu vermeiden. Einer der drei Schweden sprang auf, um mir zu helfen. Er nahm mir den Schlauch aus der Hand und versuchte, ihn enger an den Wasserhahn zu drücken – was ihm aber ebenso wenig gelang wie mir. Dennoch hielt er tapfer fest, bis unser Tank gefüllt war.

Das Ergebnis seiner Hilfe war allerdings, dass nicht nur ich, sondern auch er nass geworden war – er sogar noch mehr als ich. Dabei hätte es bei mir schon locker zur Teilnahme am Wet-T-Shirt-Contest gereicht. Ich trug keinen BH, und das war nun auch sehr deutlich sichtbar. Das nasse Shirt klebte wie eine zweite Haut an meinem Körper. Zudem hatte das kalte Wasser auch noch meine Brustwarzen steif werden lassen. Dass sowohl der hilfsbereite Schwede als auch seine beiden Freunde mich nun unverhohlen anstarrten, konnte ich ihnen nicht verdenken.

Steffen entlockte die Situation ein breites Grinsen. Er zog sein Handy aus der Tasche und fotografierte mich – worüber ich in dem Moment nur begrenzt glücklich war. Obwohl die drei Männer vermutlich mit aufs Bild gerieten, protestierte keiner von ihnen. Aber ihre Aufmerksamkeit lag wohl auch eher bei mir als beim meinem Mann.

„Eigentlich müsstet ihr jetzt die T-Shirts tauschen, wie beim Fußball", rief einer der beiden Schweden auf der Bank seinem Freund zu – vermutlich in der festen Überzeugung, dass die Frau aus dem Wohnmobil mit ausländischem Kennzeichen kein Wort verstanden hatte.

Sprachs und brach ebenso in Gelächter aus wie seine Freunde.

„Ich glaube nicht, dass ihm mein T-Shirt passen würde", entgegnete ich lächelnd und ebenfalls auf Schwedisch – wenn auch wohl mit deutlich deutschem Klang in der Stimme.

Damit erstarb das Gelächter und die Männer setzten ihr Gespräch nur noch murmelnd fort, sodass ich nichts mehr verstehen konnte.

„Danke für deine Hilfe", sagte ich noch zu dem durchnässten Mann und wandte mich zum Gehen.

„Sehr gern", entgegnete er – was ich ihm ungeachtet der feuchten Nebenwirkungen auch glaubte.

Natürlich brauchte ich nun ein trockenes Shirt. Deshalb kletterte ich nicht vorn ins Wohnmobil, sondern öffnete die Seitentür, um hinten einzusteigen. Als ich noch einmal zu den drei Schweden sah, bemerkte ich, dass ihre Blicke noch immer auf mich gerichtet waren. Hatten sie noch nie eine Frau in einem durchnässten Shirt gesehen?

Die Teufelin in mir prickte es, sie noch ein wenig mehr zu verwirren. Sie sollten bloß nicht glauben, ihre T-Shirt-Tausch-Bemerkung hätte mich in Verlegenheit gebracht. Kurz entschlossen zog ich das nasse Shirt noch draußen vor dem Auto aus und stieg dann umgehend ein. Natürlich waren es nur drei bis fünf Sekunden, in denen die Schweden mich oben ohne gesehen hatten. Doch ich war mir sicher, dass ich sie damit zumindest für den Moment vollends zum Verstummen gebracht hatte. Möglicherweise hatte ich ihnen aber Gesprächsstoff für den Rest des Abends geliefert. Der Gedanke entlockte mir ein Lächeln.

Da auch meine Jeans nass geworden war, zog ich mich komplett um. Ich stieg nicht noch einmal aus, sondern kletterte von hinten auf den Beifahrersitz des Wohnmobils. Erst als Steffen den Motor startete und sich das Fahrzeug in Bewegung setzte, öffnete ich das Beifahrerfenster und winkte den drei Schweden im Vorbeifahren noch einmal zu. Nur der nass gewordene Mann winkte zurück. Aber alle drei starrten mich mit großen Augen an.

Kurz bevor wir uns einen Übernachtungsplatz suchten, gingen wir in einen Supermarkt, um noch ein paar Kleinigkeiten einzukaufen. Dabei fiel mir ein

Regal mit Gartenutensilien in den Blick. Ich zog eine große Gießkanne heraus und betrachtete sie.

„Vielleicht sollten wir so etwas mitnehmen. Wenn der Wasserschlauch mal wieder nicht richtig passt, dann können wir notfalls damit den Tank füllen", schlug ich vor.

„Auf keinen Fall", entgegnete Steffen mit süffisantem Grinsen. „Damit würden wir uns doch jeden Spaß dabei nehmen."

Leseprobe

Max klopfte an eine Zimmertür, aber nichts geschah. Erst nach mehr als einer Minute öffnete sich diese Tür, ohne dass er erneut geklopft hatte. Sie traten in einen nur schwach beleuchteten Vorraum, in dem sich mehrere Männer befanden, die alle noch ihre Smokings trugen – darunter auch Gastgeber Holger. Also keine FKK-Party, dachte Larissa und war beinahe ein wenig enttäuscht. Bevor sie sich darüber wundern konnte, warum sie ausschließlich von Männern in Empfang genommen wurden, griff Max zu einem kleinen Stapel schwarzer Seidentücher. Sofort stand er hinter ihr und verband ihr die Augen. Was wurde das denn für ein Spiel?

„Kannst du etwas sehen?", fragte Max.

„Nein", entgegnete sie wahrheitsgemäß und unsicher.

„Das ist gut", entgegnete er und gab ihr einen Kuss.

Anschließend drehte er sie ein paar Mal.

„Falls du damit bezwecken solltest, dass ich die Orientierung verliere, dann bist du damit ausgesprochen erfolgreich", kicherte sie und suchte irgendwo nach Halt.

„Sei still, kein Wort mehr!", herrschte er sie an.

Erschrocken über den krassen Wechsel seiner Tonlage verstummte sie, blieb stehen und tat genau das, was er von ihr stets verlangte: Sie wartete ab.

Larissa hatte keinen blassen Schimmer, wem die Hand gehörte, die sie zuerst spürte. Es war eine Hand, die sich auf ihren Po legte und fest zugriff. Nur eine Sekunde später war da eine andere Hand, die sich auf ihren Busen legte – ebenfalls alles andere als sanft. Deutlich zärtlicher waren hingegen die Finger, die ihr nun über das Gesicht strichen. Als diese Finger an ihren Lippen ankamen, zwängten sie sich dazwischen. Larissa öffnete den Mund und der Mann steckte ihr einen Finger hinein. Welche Fantasie mochte er nun wohl haben, als sie daran zu saugen begann? Andere Hände wanderten über ihren Körper, eine davon auch unter ihr Kleid und zielstrebig zwischen ihre Beine. Weitere Finger öffneten den Verschluss ihres Kleides. Als der Reißverschluss ganz geöffnet war, strich ihr jemand die Träger von den Schultern, und der Stoff fiel zu Boden. Umgehend machte sich jemand an ihrem BH zu schaffen. Als sie nur Sekunden später oben ohne war, spürte sie Hände, die ihre Brüste betasteten. Einerseits irritierte es Larissa, nicht zu wissen, wer das war. Andererseits empfand sie aber auch Stolz, dass sie an dieser Stelle mehr zu bieten hatte als die meisten anderen Damen dieses Abends – und den Smoking-tragenden Männern ganz offensichtlich gefiel, was sie vor sich hatten.

Jemand begann, ihr die Strümpfe auszuziehen. Die hätte sie eigentlich gern anbehalten, aber sie wehrte sich nicht dagegen, dass ihr die fast gleichzeitig mit den Pumps abhandenkamen. Nun trug sie nur noch ihren String. Und alle Männer schienen sich jetzt auf genau diesen Bereich zu konzentrieren. Lediglich zwei Hände kümmerten sich noch um ihre Brüste, als irgendwelche Finger sie vom Slip befreiten. Sofort waren da andere Finger, die ihre glatte Muschi befummelten. Mühelos glitten sie zwischen ihre Schamlippen, zogen sich aber sehr schnell wieder zurück – jedoch nur, um anderen Fingern Platz zu machen, die anschließend abermals abgelöst wurden. Offensichtlich wollten alle Männer, die sie soeben entkleidet hatten, feststellen, wie feucht sie war.

Sie war sehr feucht.

Als Larissa ein Klopfen an der Tür hörte, ließen die Männer von ihr ab. Jemand öffnete die andere Tür und sie wurde in den Hauptraum der Suite geführt. Während sich hinter ihr die Tür zum Vorraum wieder schloss, konnte sie noch wahrnehmen, dass gleichzeitig die Eingangstür geöffnet wurde. Deshalb also hatten sie nach Max' Klopfen erst noch warten müssen. Offenbar war die Frau des Paares vor ihnen noch nicht vollständig entkleidet gewesen. Auch dieses neue Paar hatte einen Augenblick vor der Eingangstür verweilen müssen. Offensichtlich sollte immer nur eine Frau im Vorraum sein, damit alle Männer (zumindest alle, die das wollten), sich am Entkleiden der Dame beteiligen konnten.

Die Frauen wurden von ihren Partnern den anderen Herren also regelrecht vorgeführt, schoss es ihr durch den Kopf. Gefiel ihr der Gedanke, dass Max genau das soeben mit ihr getan hatte? Larissa hätte sich die Frage nicht beantworten können. Aber sie spürte heftiges Herzklopfen.

Max führte sie ein paar Meter in den Raum hinein. Jedenfalls vermutete Larissa dass es Max war, der sie am Arm hielt. Da weder er noch sonst irgendjemand ein Wort sprach, konnte sie das wegen ihrer verbundenen Augen nur mutmaßen. Sie wurde auf den

Teppichboden gedrückt, wo sie sich hinkniete und abwartete. Im nächsten Moment griff jemand zu einem ihrer Arme und band ihr ein Seil um das Handgelenkt, kurz darauf auch um das andere. Als sie daran zog, stellte sie fest, dass die Seile irgendwo im Raum ebenfalls fixiert waren. Ihre Hände waren zwar nicht zusammengefesselt, sie hatte eine gewisse Bewegungsfreiheit, aber sie war angebunden.

Larissa horchte in den stillen Raum. Zur Linken nahm sie den Atem eines anderen, offenbar ebenfalls auf dem Boden knieenden Menschen wahr – vermutlich einer ebenfalls gefesselten, nackten Frau. Wer war wohl ihre Nachbarin? Vielleicht Tanja, die direkt vor ihnen die Lounge mit ihrem Mann verlassen hatte?

Bald öffnete sich die Tür des Vorraumes und leise Schritte näherten sich. Zu ihrer Rechten ließ sich jemand nieder. Während sich die Frau hinkniete, berührte sie Larissa an der Schulter und am Bein. Dann war es wieder still. Auch der zunächst sehr deutlich wahrnehmbare Atem der neu angekommenen Frau beruhigte sich bald. Larissa hätte gern nach links oder rechts einfach mal „hallo" gesagt, wagte es aber nicht. Dafür war Max´ „Sei still!" vor einigen Minuten im Vorraum zu barsch gewesen.

Erneut öffnete sich die Tür, erneut waren Schritte zu vernehmen. Das Spiel wiederholte sich noch mehrfach, bis alle Paare aus der Lounge nun in der Suite angekommen waren – und alle ganz offensichtlich mit dem gleichen Ritual. Hier knieten nun also elf nackte Frauen gefesselt und mit verbundenen Augen auf dem Boden, während ihre Männer vermutlich noch immer angezogen waren und nun tun und lassen konnten, was sie wollten. Was würden sie anfangen mit dieser Macht? Larissas Herzklopfen, das sich in der Zeit des Wartens etwas beruhigt hatte, war bei diesem Gedanken wieder voll da.

Noch immer sprach niemand ein Wort. Larissa hörte lediglich den Atem ihrer beiden Nachbarinnen und die Schritte der Männer. Offenbar wanderten die Herren nun durch den Raum – wie erfolgreiche Jäger, die ihre Beute in Augenschein nahmen.

Von Kirsten Steiner sind zudem folgende Titel erschienen:

Kirsten Steiner

Aus meinem Swinger-Tagebuch

Mallorquinischer Seitensprung

Kirsten Steiner

Spielzeit

Aus meinem Swinger-Tagebuch

Kirsten Steiner
Steffen Steiner

Monogamie für Fortgeschrittene

Einander treu sein und dennoch fremde Haut
spüren: Als Paar in der Welt der Swinger

*Die Frau, die in
einen Swingerclub
hineinging und aus
einem Jungbrunnen
herauskam*

Aus meinem
Swinger-Tagebuch

Kirsten
Steiner

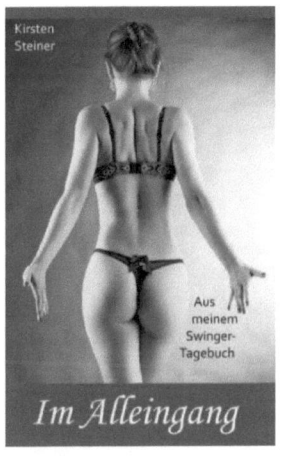

Kirsten Steiner

Aus meinem Swinger-Tagebuch

Im Alleingang

Kirsten Steiner

Schneetreiben für vier

Aus meinem Swinger-Tagebuch

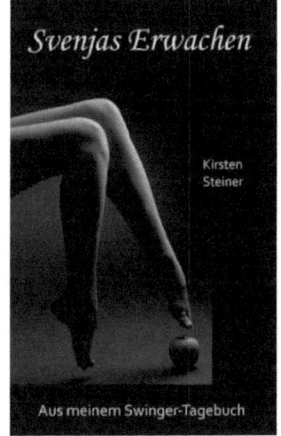

Svenjas Erwachen

Kirsten Steiner

Aus meinem Swinger-Tagebuch

Kirsten Steiner

Räumchen wechsel dich

Aus meinem Swinger-Tagebuch

Kirsten Steiner

Zwei Männer,
zwei Frauen,
eine Verführung

Aus meinem Swinger-Tagebuch